FOLIO JUNIOR

© Éditions Gallimard Jeunesse, 2004, pour le texte et les illustrations

Katia Sabet

LE RUBIS D'ANUBIS

Illustrations de Jérôme Brasseur

Folio Junior/Gallimard Jeunesse

Tous les mots suivis d'un astérisque sont expliqués dans un glossaire p. 266.

Les premiers signes d'une influence néfaste et mystérieuse, sans causes précises, furent ressentis par les habitants du Caire au début du mois de mars de l'année 1903. A cette époque on vit des hommes respectables changer d'aspect et d'habitudes. Ils tenaient des propos sans intérêt et flânaient dans les rues comme des gamins désœuvrés. D'honnêtes commerçants trichèrent sur les prix. Un richissime pacha accueillit dans son palais deux inconnus de basse extraction, et les traita comme des princes. On découvrit le corps d'un homme assassiné dans les eaux du port d'Alexandrie; des lumières apparurent sur l'île aux Serpents. Enfin, au mois d'août, un terrible événement faillit priver l'Égypte de ses hommes politiques les plus en vue, tandis qu'une série de disparitions inexplicables secouaient l'opinion publique.

(d'après un chroniqueur de l'époque)

I
Vacances au Domaine des Djinns

En juin 1903, Alain Dupré, l'archéologue réputé que l'on appelait habituellement M. le directeur, vivait déjà depuis plusieurs mois au « Domaine », une magnifique palmeraie d'une centaine de *feddans** située entre le Nil et le village de Harraneia, au sud du Caire. Cette superbe propriété lui avait été offerte, ainsi qu'à ses amis Rami et Hammouda, par le khédive Abbas II d'Égypte. Ce dernier avait voulu leur exprimer ainsi sa reconnaissance pour tout ce qu'ils avaient accompli afin de retrouver le trésor volé d'Hor Hotep et le restituer au musée du Caire où était sa place.

Quand il repensait à tous ces événements, Dupré en frissonnait encore. L'homme contre qui il avait lutté, Henri Armellini (mieux connu sous le nom de Monsieur H.) était un criminel aux ressources insoupçonnées, qui changeait d'aspect avec la plus grande désinvolture et ne connaissait ni pitié ni scrupules. Son acharnement à s'emparer du trésor allait de pair avec la brutalité des méthodes employées. Le malfaiteur avait été mis en échec, mais il avait réussi à garder une pièce précieuse du trousseau funéraire, un magnifique pectoral que Dupré avait provisoirement appelé le « soleil ailé », n'ayant pas eu le temps de l'étudier suffisamment. Parfois il se demandait pourquoi Monsieur H. avait gardé cet objet plutôt que certains autres, qui avaient une plus grande valeur marchande et qu'il aurait pu vendre plus facilement. Il éprouvait à ce moment un certain malaise, qu'il mettait sur le compte de son échec partiel. Mais le calme et la beauté qui l'entouraient de toute part lui faisaient vite oublier ses inquiétudes.

Une palmeraie est un lieu magique, où l'air, la lumière, les sons sont incomparables. Les rayons du soleil y dessinent des faisceaux d'or, le vent fait murmurer les palmes, l'eau chante dans les rigoles. Les bruits y sont apaisants et ne brisent pas le silence. Les couleurs sont douces et vont du mauve au vert d'eau, et parfois des oiseaux inconnus, au ventre couleur d'émeraude, volent au ras du sable à la recherche d'une datte oubliée.

Au milieu de ce paradis, on avait bâti autrefois un petit palais à l'architecture bizarre : trois étages à l'alignement décalé par des terrasses à balustres, flanqués de quatre tourelles où les pigeons sauvages venaient nidifier. Alain Dupré s'était installé dans une chambre du premier étage, dont les fenêtres donnaient sur le jardin et la palmeraie. Chaque matin, en ouvrant ses persiennes, il respirait à pleins poumons l'air sec et salubre du désert tout proche et se sentait heureux. Il avait pris à son service un certain Marzouk, un Nubien toujours endormi, qui, durant ses moments de veille, faisait office de majordome, de jardinier et de palefrenier. Rami et Hammouda ne l'avaient pas encore rejoint. Ses jeunes amis poursuivaient leurs études, l'un à l'institut khédivial du Caire, l'autre dans une école campagnarde de Badrachein, où il avait appris enfin à lire et à écrire .

Le seul inconvénient de la nouvelle installation du directeur était la cuisine. Selon l'agencement des palais et des villas de l'époque, elle était située au fond du jardin, afin que les fumées et le bruit n'incommodent pas les nobles occupants de la bâtisse principale. Le majordome Marzouk étant absolument incapable de préparer quoi que ce soit de comestible, Dupré devait se débrouiller tout seul. Il parvenait de temps en temps à se confectionner des plats délicieux qui lui rappelaient la France, mais en six mois, avec ses va-et-vient entre le palais et la cuisine, il avait maigri de trois kilos.

Les activités de l'archéologue avaient repris depuis le mois de février. Accompagné par le chien-loup Ringo qui ne le quittait jamais, le directeur enfourchait chaque matin son cheval et se rendait sur le chantier de fouilles qu'il venait d'ouvrir à trois kilomètres du palais. L'endroit lui avait été signalé par deux paysans qui l'avaient conduit sur place et lui avaient montré des pierres éparses et des monticules qui laissaient soupçonner des vestiges enfouis. Depuis lors, son chef de chantier, le *rayes**Atris, et ses ouvriers avaient déblayé une surface de deux cents mètres carrés et avaient mis au jour le sommet d'un mur enseveli sous le sable et le limon : c'était une découverte extraordinaire, car les édifices d'époque pharaonique sont rares dans la plaine du Nil.

Le soir, après une journée harassante sous le soleil, le directeur revenait chez lui, prenait une douche et s'installait dans la bibliothèque, où il écrivait pendant des heures à la lumière de deux ou trois lampes à pétrole. Vers minuit, il enfermait dans un tiroir les feuilles noircies de son écriture régulière, et s'en allait dormir. Ses nuits étaient sereines et aucun phénomène étrange n'était venu troubler son sommeil.

Rami et Hammouda rejoignirent l'archéologue vers la fin du mois, pour passer les vacances d'été en sa compagnie.

Rami arriva du Caire dans le courant de la matinée, Hammouda de Badrachein dans l'après-midi, et Ringo leur réserva un accueil enthousiaste. C'était la première fois que les deux garçons découvraient leur nouvelle propriété et ils en furent éblouis. Le palais était superbe, plein de cachettes et de recoins à explorer, et la palmeraie semblait s'étendre à l'infini.

– Ouaouh, ouaouh ! répétait Hammouda, dont l'éloquence laissait à désirer.

Après qu'ils eurent rangé leurs affaires dans leurs chambres au premier étage, Alain Dupré les fit s'asseoir sur la terrasse où soufflait une brise agréable, et s'adressa à eux avec le plus grand sérieux :

– Mes amis, je suis heureux que vous soyez enfin à la maison. Hammouda, je sais que tu lis maintenant et que tu écris couramment, et je t'en félicite. Quant à toi, Rami, j'ai reçu une lettre de tes maîtres où ils me disent que tu es un très bon élève. Je suis fier de vous deux.

A partir de demain, vous pourrez venir avec moi sur le nouveau chantier, afin de vous exercer un peu. Mais si vous désirez employer différemment vos vacances, vous n'avez qu'à le dire : vous êtes libres de disposer de votre temps comme bon vous semble.

– Je viendrai au chantier, bougonna Hammouda.

– Moi aussi ! dit Rami avec enthousiasme.

– Parfait. Comme vous savez, le khédive Abbas nous a fait don de ce superbe Domaine…

Le directeur fit un large geste du bras et leur désigna les milliers de palmiers qui les environnaient, comme les colonnes d'un temple démesuré.

– … et je dois dire qu'il a été très généreux. Non seulement nous possédons aujourd'hui une maison très grande et confortable, mais ces palmiers représentent une grande richesse. Je l'ignorais totalement au départ. Ce n'est qu'en vivant ici et en parlant avec le brave Marzouk que j'ai appris que chaque palmier rapporte par année l'équivalent de trois grammes d'or, et n'exige que des soins minimes.

Hammouda bondit sur ses pieds et tournoya sur lui-même :

– *Ya Allah ! ya Allah !** Nous sommes riches !

Le directeur se mit à rire :

– Calme-toi, Hammouda. Selon le désir de son Altesse, les revenus du Domaine sont destinés pour les deux tiers à financer les fouilles que nous avons entreprises dans la zone. Le tiers restant sera divisé entre nous trois. Vous pourrez disposer d'une partie de votre argent pour aider vos familles, et le reste sera mis à la banque. Ainsi, à la fin de vos études, vous aurez un petit capital qui vous aidera au début de votre vie active.

Rami et Hammouda se regardèrent sidérés :
– Notre vie comment ?
– Votre vie active, votre vie d'hommes. Vous n'allez pas rester toujours des écoliers. Le jour viendra où vous travaillerez, vous vous marierez et vous serez responsables d'une famille. Cet argent vous sera alors très utile.

Rami pensa aussitôt qu'avec la somme économisée il pourrait payer un jour le douaire* de Nefissa, c'est-à-dire les biens qu'il devait offrir obligatoirement à sa future femme : Nefissa, son adorée, la jeune fille qu'il aimait depuis deux ans, et rougit de joie. Mais Hammouda haussa les épaules :
– Responsable d'une famille ? Moi ?
– Oui, toi, dit gravement le directeur. C'est la vie !
Hammouda secoua la tête en faisant la moue.
– Oh ! Non, monsieur. Vous savez bien que je veux devenir un *rayes*, un chef de chantier : et un *rayes* est un homme libre, qui ne s'encombre pas de femme.

Hammouda s'arrêta, réfléchit, puis marmonna :
– Bien que…
Là il s'interrompit, rougit à son tour, pendant que le directeur le regardait curieusement :
– Bien que quoi, Hammouda ?
Hammouda sembla faire un effort sur lui-même et lâcha d'un trait :
– … je pense que ma mère devrait nous rejoindre, et vivre avec nous. Elle pourrait s'occuper de la cuisine, nous préparer du poisson…

Le directeur se mit à rire.

– Tu as tout à fait raison : ta mère doit vivre ici, avec nous, pas en tant que cuisinière, mais comme maîtresse de cette maison qui en a bien besoin. Je l'ai déjà envoyé chercher.

En effet, vers deux heures de l'après-midi, la calèche du Domaine fit son apparition au bout de l'allée qui conduisait au palais. Derrière le cocher Marzouk, on distinguait vaguement une forme noire, entourée d'une montagne de paniers, de baluchons et de casseroles. La calèche avança dans un bruit de clochettes, s'arrêta devant le perron, la forme noire en descendit et Hammouda se précipita à sa rencontre. C'est ainsi que omm* Hammouda fit son entrée au Domaine des Djinns.

Ce qui se passa ensuite laissa tout le monde éberlué. Après avoir embrassé son fils, omm Hammouda se débarrassa prestement de lui, s'accroupit par terre et s'affaira à allumer une petite braisière en terre cuite qu'elle avait apportée dans ses bagages. Quand les braises furent bien rouges, elle les saupoudra de graines et de cristaux d'alun qui dégagèrent une fumée épaisse. A ce moment omm Hammouda empoigna la braisière et se mit à encenser généreusement son fils, le directeur et Rami, les chevaux de la calèche, le chien Ringo, ainsi que Marzouk le cocher. Puis elle se dirigea d'un pas décidé vers la maison où elle pénétra en proférant des conjurations et en agitant à droite et à gauche son encensoir fumant.

– Arrière, fils du mal, esprits malveillants et jaloux…

place à vous, êtres affables, amis de l'homme et serviteurs de Dieu ! criait à tue-tête omm Hammouda en parcourant les couloirs et les chambres l'une après l'autre, suivie par le directeur, Rami et Hammouda, muets d'étonnement.

La vieille femme fit ainsi le tour complet de l'édifice et ce n'est qu'après avoir rempli de fumée odorante le dernier recoin qu'elle consentit à se calmer et à libérer son visage du voile noir qui le recouvrait.

– Bonjour, monsieur, dit-elle au directeur, d'une voix enfin normale. Il fallait que je repousse d'abord les forces du mal, cette maison a une très mauvaise réputation.

Le directeur ouvrit de grands yeux :

– Une très mauvaise réputation ? Comment cela ?

– Mais enfin, poursuivit omm Hammouda, vous savez bien quel est le nom de cet endroit ! Le Domaine des Djinns. Cela ne vous dit rien ?

Le directeur la regarda perplexe :

– N… non. A vrai dire, cela ne me dit rien. C'est la première fois que j'entends ce nom.

– Parce que les « fils du péché » ne vous ont pas mis au courant ! s'écria omm Hammouda indignée. Ces sales individus vous ont collé sur le dos une propriété dont personne ne voulait.

– Mais de qui parlez-vous, ma bonne dame ? demanda le directeur de plus en plus étonné.

– Je parle des intendants du khédive, monsieur. Quand notre maître Abbas, que Dieu lui accorde une longue vie, a ordonné qu'on vous donne un domaine, ces intendants de malheur se sont consultés et ont décidé de vous attribuer cette terre-là que personne ne voulait acheter et qui leur causait des tracas.

– De quels tracas s'agit-il ? insista le directeur.

– Vous verrez, monsieur. Au moment de la récolte des dattes, aucun paysan ne voudra venir travailler chez vous.

– Mais pourquoi ?

– Ils ont peur. Peur des djinns*.

– Maman, qui t'a raconté ces histoires ? demanda Hammouda, dont la figure s'allongeait de plus en plus.

La veille femme se drapa dans sa *mélaya** noire :

– Mon petit bout de beurre, au village on ne parle que de ça.

Cela dit, omm Hammouda sortit pour aller encenser les cuisines au fond du jardin, tandis que le directeur et les deux garçons se regardaient en silence.

– Je vis ici depuis six mois et je ne vois pas en quoi cet endroit est si effrayant, dit enfin le directeur. Mais les superstitions sont fortes, et il se peut vraiment que nous ne trouvions pas d'ouvriers agricoles au moment des récoltes.

– J'ai grimpé aux palmiers autrefois pour vo... pour cueillir des dattes, dit Hammouda. Je le ferai de nouveau.

– Et moi j'apprendrai à grimper, ajouta Rami, plein d'entrain.

– C'est très gentil, mais à vous deux vous ne viendrez pas à bout de quelques milliers de palmiers. De toute manière, il est encore tôt pour nous préoccuper de la récolte : essayons pour l'instant de comprendre ce qui ne tourne pas rond dans le Domaine.

2
Signes prémonitoires

Alain Dupré n'eut pas à attendre longtemps : la nuit qui suivit l'arrivée de Rami et Hammouda, comme s'ils n'avaient attendu que ce moment, les djinns se déchaînèrent dans le palais. Au début, ce ne fut qu'un frémissement qui parcourut les couloirs et les escaliers, un murmure presque imperceptible. Puis les tableaux pendus aux parois se mirent à osciller et une fine poussière remplit l'air. Le directeur, qui était en train d'écrire dans la bibliothèque, vit son gros encrier en forme de boule se déplacer silencieusement vers le bord de la table, et il eut à peine le temps de le saisir au vol avant qu'il n'aille s'écraser sur le tapis. Il crut à un tremblement de terre et leva les yeux vers la suspension à pétrole qui pendait au plafond, mais la lampe était parfaitement immobile, tandis que les livres, eux, rangés sur les étagères, étaient en train de tomber avec fracas les uns après les autres.

Ça, alors ! pensa Dupré. Il sortit rapidement pour se rendre chez les deux garçons qui dormaient à l'étage supérieur. Le couloir était parcouru par des assiettes qui voltigeaient mollement dans l'air ; il y avait même un des

baluchons d'omm Hammouda qui rebondissait avec grâce d'une paroi à l'autre. Dès que le directeur parut, les objets volants s'immobilisèrent, semblèrent hésiter un instant puis s'écrasèrent lourdement à terre. En un instant, le couloir fut jonché de débris de porcelaine et de bouts de tissu multicolores. Puis le palais retrouva à nouveau le calme.

Le directeur gravit rapidement l'escalier qui le séparait des chambres des garçons : Rami dormait tranquillement dans son lit et Ringo ronflait à ses pieds. Hammouda était immobile sous son drap, et apparemment omm Hammouda ne s'était aperçue de rien, parce qu'aucun bruit ne parvenait de sa chambre. Le directeur se passa une main sur le front : était-il à nouveau la proie d'hallucinations malsaines ? Au souvenir de ce qu'il avait vécu quelques mois auparavant à cause d'Hor Hotep et de ses papyrus ensorcelés, une sueur froide couvrit son corps et il dut s'appuyer au mur pour reprendre son souffle. Non, pour rien au monde il ne supporterait d'être encore une fois l'objet des moqueries de ses confrères de l'Institut et le sujet de conversations narquoises dans les salons du Caire. Ce qui était arrivé dans le palais cette nuit devait demeurer caché, et sa lutte contre les forces maléfiques qui le harcelaient se déroulerait dans le secret, avec l'aide d'un puissant allié.

Le directeur retourna dans la bibliothèque, s'assit à sa table et se mit à écrire une lettre.

« Cher Ignace, je connais votre intérêt pour les phénomènes paranormaux. Ainsi je pense être utile à vos études et à vos recherches en vous invitant à passer quelque temps en Égypte, dans une vieille demeure dans la région de Badrachein où je réside actuellement. J'y ai été témoin de manifestations inexplicables qui... »

Le lendemain matin, à l'aube, Dupré enfourcha son cheval, galopa jusqu'au bureau postal de Badrachein où il expédia sa lettre à un certain monsieur Ignace Bourrichon, 13, rue de la Pompe, Paris. Ensuite, se sentant plus calme, il revint au Domaine, où un petit déjeuner somptueux à la mode paysanne l'attendait sous les arbres du jardin. Rami et Hammouda s'assirent à table avec lui, tandis qu'omm Hammouda s'affairait autour d'eux. La vieille paysanne refusa catégoriquement de « manger avec les hommes ».

– Ça ne se fait pas, dit-elle.

Et elle continua à aller et venir de la cuisine au jardin avec des plats de fèves bouillies, d'œufs brouillés et d'oignons verts, qu'elle déposa sur la table jusqu'à la recouvrir complètement. Puis elle disparut et le directeur posa finalement la question qui lui brûlait les lèvres :

– Alors, comment s'est passée votre première nuit au Domaine ?

– J'ai dormi comme une souche, répondit Hammouda.

– Je n'ai jamais aussi bien dormi de ma vie, renchérit Rami.

Ringo, de son côté, bougea la queue avec entrain.

– Ah, bon, grommela le directeur. J'ai... j'ai cassé quelques assiettes, cette nuit. J'espère que vous n'avez pas entendu le bruit.

Les deux garçons se regardèrent en faisant la moue.

– Nous n'avons rien entendu, dirent-ils en chœur.

Les débris de porcelaine avaient mystérieusement disparu du couloir. Quant au baluchon baladeur d'omm Hammouda, il avait dû réintégrer sa place puisque la vieille femme arborait sur sa tête un magnifique foulard rouge et violet que le directeur avait vu flotter dans les airs pendant la nuit. Alain Dupré poussa un soupir de soulagement et alla réveiller Marzouk, pour qu'il prépare la calèche qui devait les accompagner au chantier.

Dès qu'ils furent arrivés sur le site des fouilles, le *rayes* Atris courut à leur rencontre en agitant les bras :

– Monsieur, monsieur, nous avons découvert des inscriptions !

Dupré oublia immédiatement ses angoisses nocturnes. Il sauta de la calèche et se dirigea rapidement vers l'extrémité du chantier où un pan de mur recouvert de signes et d'images gravés venait d'être dégagé du sol. Rami et Hammouda s'approchèrent à leur tour, profondément émus. Même Ringo parut impressionné par l'importance du moment et s'assit au bord de l'excavation, le regard fixe et la queue immobile. C'était la première fois depuis des millénaires que ces pierres revoyaient la lumière du soleil et les bas-reliefs que des artisans anonymes y avaient sculptés depuis si longtemps avaient conservé toute la délicatesse de leurs lignes. On y voyait de nombreuses représentations d'un chien noir, couché, la tête et les oreilles bien droites, son museau pointu légèrement relevé.

– Tiens, dit le directeur. On dirait que cet édifice est consacré à Anubis, le dieu des morts.

Il descendit dans la fosse que les ouvriers avaient creusée devant le mur et observa les écritures :

– « Tu te tiens debout dans la salle de la Double Justice », lut-il à haute voix – « en compagnie de Maat, de Thot et de la Mangeuse à tête de crocodile. Tu regardes les quarante-deux juges, mais *gare à qui rencontrera le feu de ta pierre.* »

– Qu'est-ce que ça veut dire ? murmura Rami.

– On dirait une formule du *Livre des morts*, avec une variante. Nous sommes probablement en présence d'un édifice funéraire, où les anciens Égyptiens embaumaient les corps avant de les ensevelir. C'est bien le premier que nous trouvons, si bas dans la plaine.

– Le premier, monsieur ? demanda Hammouda.

– Oui, Hammouda. Les anciens Égyptiens construisaient ces édifices au désert, près des nécropoles et loin de la plaine, qui chaque année était recouverte par la crue du Nil.

Le directeur sortit de la fosse.

– Continuez à creuser, dit-il aux ouvriers qui s'étaient réunis en silence autour de lui. Les hommes descendirent dans le chantier avec leurs couffins, leurs pelles et leurs balais, et bientôt le mur révéla d'autres inscriptions. En même temps apparaissait aussi le coin d'une autre paroi qui continuait à angle droit vers le nord. Le tout était recouvert de bas-reliefs que le *rayes* Atris brossait consciencieusement et que Dupré se hâtait de copier au crayon sur un calepin. Rami et Hammouda creusaient en compagnie des autres hommes avec un tel enthousiasme que le directeur fut obligé de leur dire de se calmer, les fouilles archéologiques demandant beaucoup de patience.

– Regardez, cria Rami tout à coup. Le « soleil ailé » !

Au milieu de la nouvelle paroi était apparue en effet une image qu'ils connaissaient bien, celle de deux ailes de faucon déployées de part et d'autre d'une circonférence bombée, une sorte de boule aplatie.

– *Le feu de Hàder est le commencement et la fin de la puissance*, lut le directeur. Bizarre !

Rami se tourna vers lui :

– Monsieur, n'est-ce pas l'image du bijou qui manquait ?

– On dirait, murmura le directeur.

C'était bien le même dessin que reproduisait le pectoral volé par Monsieur H : deux ailes en or recouvertes d'émail bleu, ouvertes de part et d'autre d'un énorme rubis cabochon, c'est-à-dire, un rubis non taillé, mais poli, en forme de demi-boule.

– C'est la première fois qu'on trouve cet emblème dans cette zone, murmura le directeur.

– Et qu'est-ce que c'est, le feu de Hàder ? demanda Rami.

– Bonne question ! Je n'en sais rien, pour l'instant. D'habitude, le cercle solaire ailé se réfère au dieu soleil Râ.

La matinée passa rapidement, sans surprises. Pendant que les ouvriers dégageaient quelques centimètres supplémentaires des deux parois, Alain Dupré s'assit à l'ombre d'un palmier, dévissa sa plume à réservoir et commença à rédiger ses rapports. Le premier était destiné au khédive Abbas, amateur passionné de tout ce qui concernait l'archéologie, et l'autre à l'IFAO, l'Institut français d'archéologie orientale. Le directeur resta longtemps absorbé dans sa tâche, tandis que les travaux continuaient à un rythme ralenti, dans la chaleur brûlante de midi.

Vers une heure on vit paraître Marzouk avec le déjeuner. A ce moment, Dupré congédia brusquement Atris et les ouvriers, dit à Marzouk de revenir les chercher vers deux heures et resta seul sur le site en compagnie de Rami et de Hammouda.

Les deux garçons le regardaient curieusement, il avait la figure crispée et sombre.

– Il y a quelque chose qui vous préoccupe, monsieur ? demanda enfin Rami.

Le directeur parut se réveiller d'un rêve.

– Eh ? Non, rien du tout. Je… je suis… je n'arrive pas à…

Malgré la température chaude de cette belle journée de juin, il se sentait glacé. La terreur courait dans ses veines et le paralysait au point qu'il avait dû faire des efforts surhumains pour se contrôler et montrer à ses hommes un visage normal. Mais maintenant il n'en pouvait plus.

– Venez voir ! dit-il.

Les deux garçons s'approchèrent de lui et observèrent les feuilles sur lesquelles Alain Dupré était censé avoir écrit son rapport, et où il n'y avait pas le moindre signe.

– Vous n'arrivez pas à écrire, monsieur ? demanda Hammouda.

– Oh, si ! J'écris, et comment. Mais tout ce que j'écris s'efface. S'efface ! hurla le directeur avec rage. Regardez !

Il traça rapidement : « … Je remarque sur la partie supérieure de la paroi est le disque solaire ailé qui… », mais

à mesure qu'il écrivait, les mots disparaissaient lentement, comme s'ils avaient été absorbés par le papier. Les yeux de Rami et de Hammouda s'ouvrirent démesurément.

– Monsieur, c'est de la sorcellerie ! dit Hammouda.

– A tout autre moment j'aurais dit que tu délires, répliqua Dupré. Mais cette fois je suis prêt à te croire !

Ils entendirent au loin les grelots de la calèche qui revenait les chercher. L'archéologue se leva :

– Rentrons à la maison. J'essayerai d'employer la machine à écrire qu'on m'a donnée en dotation.

Dupré était de très méchante humeur.

– J'ai horreur de ces inventions modernes, mais que faire d'autre ? Je me trouve devant des faits incontrôlables !

Marzouk ramassa étonné le panier du déjeuner que personne n'avait touché et remonta à sa place. A ce moment Rami s'aperçut que Ringo avait disparu.

– Il nous a sûrement précédés au palais, dit Hammouda.

– Ça m'étonnerait ! répliqua le directeur.

Ils sifflèrent, appelèrent, crièrent le nom du chien à en perdre le souffle, mais sous les palmiers centenaires tout était immobile et silencieux.

– Monsieur, dit Marzouk d'un ton de reproche, il est sûrement retourné à la maison chercher quelque chose à se mettre sous la dent, puisque vous avez oublié de manger et de lui donner à manger.

Quand le groupe arriva au palais, Ringo n'était pas là. Omm Hammouda parut à la porte de sa cuisine, et elle fut très étonnée quand Dupré lui demanda si elle avait vu le chien.

– Non, monsieur. Je le croyais avec vous.

– Je ne comprends pas. Ringo ne me quitte jamais !

Omm Hammouda essaya de le tranquilliser :

– Il reviendra. Il ne faut pas vous inquiéter, monsieur le directeur, les chiens connaissent leur chemin.

Alain Dupré était trop agité pour avoir faim et il s'enferma dans la bibliothèque. Il tira de sa caisse la colossale machine à écrire que l'IFAO lui avait prêtée, et parvint après quelques tâtonnements à y glisser une feuille et à taper avec un doigt quelques phrases de son rapport. Cette fois, le texte semblait bien inscrit sur la page et ne donnait pas l'impression de vouloir s'effacer.

Dupré poussa un soupir de soulagement et continua à écrire. Il commença même à employer la main gauche pour les espaces et pour certaines lettres. A la fin de la soirée son rapport était écrit, net, propre, et surtout stable, et l'archéologue avait changé d'avis sur les machines à écrire.

Pendant ce temps, Rami et Hammouda s'étaient assis au jardin, sous une tonnelle, un peu inquiets sur le sort de Ringo. La nuit était calme, et de nombreux feux follets couraient dans la palmeraie. Le phénomène leur était connu, étant donné qu'il se produisait souvent dans les champs qui entouraient Mit Rehina, durant les nuits les plus chaudes. Ce souvenir leur fit éprouver tout à coup une grande nostalgie de leur village natal.

– Mon frère me manque, dit Rami. Je voudrais aller le voir, et connaître mon petit neveu, qui vient de naître.

– Dis-le au directeur. Il te laissera partir.

– L'idéal ce serait que je puisse revoir mon frère sans quitter le Domaine et les fouilles.

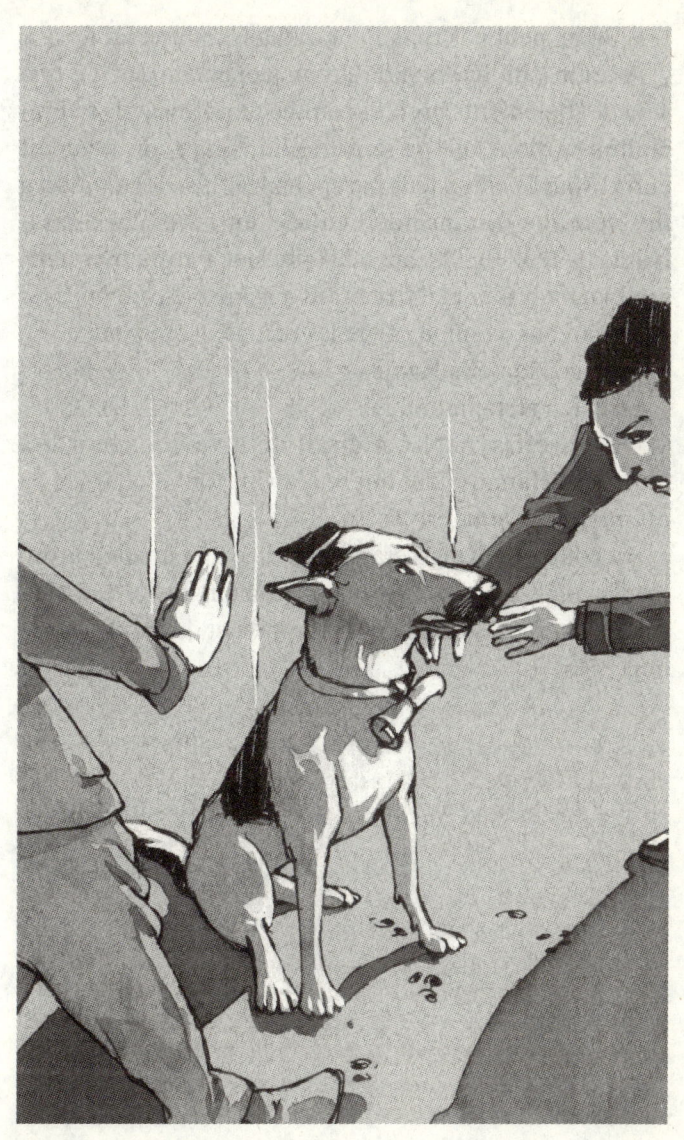

– On ne peut pas tout avoir, railla Hammouda.

A cet instant ils entendirent un jappement, suivi d'une série d'aboiements brefs et comme étouffés, et ils se précipitèrent pour ouvrir le portail à Ringo qui revenait enfin. Mais le chien leur parut changé. Il se tenait assis à une certaine distance de l'entrée, entouré d'une sarabande de feux follets. Ses yeux presque phosphorescents semblaient brûler et il fixait sans aucune bienveillance les deux garçons, comme s'il ne les reconnaissait pas.

– Ringo ! appela Rami.

Le chien resta immobile.

– Il est effrayant ! On dirait qu'il va nous mordre, murmura Hammouda, qui se souvint tout à coup de sa première rencontre avec lui.

Au collier de Ringo était accrochée une feuille enroulée. Rami s'approcha tout doucement et la détacha. Immédiatement Ringo bondit de côté et disparut dans la nuit.

3
Nefissa a disparu

Le directeur passa le reste de la soirée en compagnie de Rami et de Hammouda à essayer de comprendre le sens du message apporté par Ringo. Il s'agissait d'une feuille de papyrus en assez mauvais état, où étaient inscrits trois signes hiéroglyphiques.

« Reste le gardien des secrets », disait plus ou moins le message. Il y avait des éléments curieux dans cette missive. En premier lieu, l'encre avec laquelle on avait tracé les signes était bien nette, et faisait un contraste frappant avec le papyrus qui était, lui, visiblement très ancien. En deuxième lieu, les hiéroglyphes avaient été tracés d'une main malhabile, plus dessinés qu'écrits, et il manquait la « queue » de l'idéogramme « gardien des secrets », qui indique aussi le dieu Anubis. En effet, le même idéogramme signifie « gardien des secrets » et « Anubis ».

– Ce message a été recopié, et mal recopié, dit le directeur.

– Cela pourrait vouloir dire aussi : « Reste avec Anubis », murmura Rami.

– Ou rien du tout, grogna le directeur.

Hammouda s'ébroua :

– Monsieur, vous auriez dû voir Ringo. Il n'était pas normal !

– Ce n'est pas la première fois que Ringo a des réactions bizarres en présence d'une image d'Anubis, ajouta pensivement le directeur.

Il se souvenait du jour où, au musée du Caire, le chien avait occupé le socle d'une statue du dieu des morts et il avait fallu que Rami l'appelle par son nom secret pour qu'il daigne descendre.

– Mais qu'est-ce qu'on vous veut, monsieur ? s'écria Hammouda.

– Je ne sais pas. On dirait un avertissement.

– Quel avertissement, monsieur ?

– D'après ce que je comprends, on me demande de ne pas révéler ma nouvelle découverte, de garder le secret.

– Quel secret ?

– Nous aurons la réponse quand nous aurons fini de dégager le site.

– Ce qui signifie que vous n'allez pas envoyer votre rapport ?

– Pas pour l'instant. Il se passe ici beaucoup de choses étranges, et je préfère ne pas me presser.

Le directeur préférait surtout ne pas se présenter à nouveau devant Gaston Maspero[*], avec de nouvelles « histoires à dormir debout », ainsi que le grand archéologue appelait habituellement les aventures qui lui arrivaient.

– Pour l'instant, nous allons continuer à creuser. Les hiéroglyphes gravés sur les parois finiront bien par nous révéler le sens de tout cela.

Le directeur prit les feuillets de son rapport et les enferma dans un tiroir.

– Allez vous coucher, maintenant, dit-il. Une longue journée nous attend.

A l'intérieur du palais la nuit se passa dans le calme et, bien que ne pouvant fermer l'œil, Dupré ne vit et n'entendit rien d'extraordinaire. Il est vrai qu'en tendant l'oreille il percevait dans le silence de la nuit toute une série de grincements et de craquements qui semblaient parcourir la vieille bâtisse : mais ce n'était sans doute que des souris qui couraient au sous-sol, les pigeons qui rêvaient dans les tourelles, ou bien les vers qui se frayaient un chemin dans le bois des meubles. Une vieille maison de campagne respire et s'agite doucement sans que cela soit dû nécessairement à des forces maléfiques. L'aube trouva l'archéologue accoudé à la fenêtre, le cœur rempli d'optimisme. Au petit déjeuner, il eut la surprise de voir arriver Rami et Hammouda en compagnie de Ringo.

– Quand je me suis réveillé, il dormait sur mon lit, dit Rami.

Personne n'eut le courage de demander comment le chien avait escaladé le mur d'enceinte, ouvert la porte cadenassée du palais et l'avait refermée ensuite derrière lui. Dupré regarda le chien du coin de l'œil, comme pour s'assurer de son identité, mais il n'y avait pas de doute, c'était bien le brave vieux Ringo tel qu'il le connaissait, qui mangeait avec appétit, distribuait sans lésiner des coups de queue et qui galopa le premier vers le chantier, quand la calèche se mit en chemin.

Presque à la même heure, le père Célestin du couvent des capucins de Choubra, au nord du Caire, commençait sa tournée journalière auprès de ses ouailles. C'était un homme de petite taille, plutôt robuste, avec une longue barbe poivre et sel et de toutes petites lunettes cerclées de fer. Sa robe brune était toujours recouverte d'une cape de la même couleur, qui dissimulait son corps et ses mains. Il marchait la tête basse, avec humilité, les pieds chaussés de sandales, et ne parlait presque jamais.

Le père Célestin était arrivé au couvent vers la fin de février, en provenance de Marseille, porteur d'une lettre de son supérieur qui lui confiait une mission charitable auprès des familles les plus pauvres du Caire. Depuis son arrivée, le capucin accomplissait scrupuleusement sa besogne, sortait du couvent vers six heures du matin et ne revenait qu'au coucher du soleil.

Ses confrères auraient été bien étonnés, pourtant, s'ils avaient eu l'idée de le suivre dans ses pérégrinations. Au lieu de se diriger vers les quartiers pauvres de la ville, le père Célestin s'en allait tout doucement vers la zone huppée de Choubra, qui à cette époque était un des quartiers les plus beaux de la capitale égyptienne. Après avoir parcouru pendant quelque temps la célèbre allée – flanquée à droite et à gauche par une impressionnante file de sycomores géants –, le capucin s'approchait du mur d'enceinte d'un jardin invisible, ouvrait une petite porte et disparaissait à l'intérieur.

Si les braves moines du couvent avaient suivi le père Célestin au-delà de cette porte, ils auraient pu se croire au paradis. Leurs yeux n'auraient vu que pelouses, fleurs et arbres centenaires, et tout au fond, au bord du Nil, un palais de style Art nouveau qui reproduisait dans ses formes les lignes sinueuses des fleurs et des lianes : c'était la demeure de Khorched pacha, un des hommes les plus riches d'Égypte.

Le père Célestin se dirigeait vers le palais avec le pas tranquille de quelqu'un qui se sent chez lui. Parfois deux hommes venaient à sa rencontre, l'un était très gras, rond et gélatineux, l'autre, long et maigre, ressemblait à un hareng fumé. Le trio pénétrait dans le palais, et on ne revoyait le père Célestin qu'en fin d'après-midi, quand le soleil commençait à descendre vers la surface étincelante du Nil, qu'on apercevait derrière un rideau d'arbres et de kiosques en marbre de Carrare. Le moine sortait rapidement par la petite porte et se mêlait à la foule des promeneurs qui à cette heure envahissait l'allée de Choubra. Lourds carrosses, fringants tilburys, cavaliers montés sur des pur-sang arabes, sportifs vêtus de blanc qui faisaient de la marche à pied, quelques voitures automobiles chargées de dames voilées, toute la belle société du Caire se déversait chaque après-midi dans l'allée, se laissant regarder et lorgnant à son tour. Le père Célestin se faufilait parmi la foule en égrenant son rosaire, la tête basse, et personne ne faisait attention à lui. A l'ombre des sycomores se combinaient et se défaisaient des mariages, se liaient des amitiés, on discutait d'affaires ; puis, arrivés aux portes du palais de Mohammed Ali, les promeneurs faisaient demi-tour et parcouraient en sens inverse les quelques kilomètres qui les séparaient de la ville, tout en admirant, comme à l'aller, la succession presque ininterrompue de palais entourés de parcs qu'on entrevoyait à droite et à gauche. A ce moment, le père Célestin avait regagné depuis longtemps son couvent et sa cellule, et se préparait à assister aux vêpres.

Un beau matin, Rami se rendit à Mit Rehina dans la calèche du Domaine, suscitant l'étonnement et l'admiration des villageois, qui ne le reconnurent pas. Il avait grandi, Rami, il était habillé à l'européenne, et se tenait raide comme un vrai monsieur sur la banquette à côté de Marzouk. Il n'était plus en somme le petit garçon en *gallabieh** qui s'échappait du *kottab** du cheikh Abdel Ghelil pour courir dans les champs ou pour aller bavarder au bord de la route avec oncle Darwiche, le vieux colporteur. Rami était devenu un vrai citadin, et personne en le voyant n'aurait pu deviner que son cœur battait à tout rompre pour une petite paysanne du lieu. Pourtant c'est bien ce qui lui arrivait, un phénomène bizarre qu'il éprouvait pour la première fois de sa vie, et qui le faisait tour à tour pâlir et rougir à l'idée que dans quelques minutes il reverrait sa douce Nefissa.

Quand la calèche s'arrêta devant la maison de son frère Rafaat le tisserand, des voisines le reconnurent enfin et se mirent à crier son nom à tue-tête. En un instant la nouvelle fit le tour du village et les gens accoururent pour le saluer. Mais à ce moment Rami avait déjà disparu à l'intérieur de la maison, où son frère lui tenait un étrange discours.

– Tu as bien fait de venir, disait Rafaat, très agité. Tu ne peux pas t'imaginer l'inquiétude que tu nous donnes, l'angoisse dans laquelle nous vivons ! Je suis heureux que tu sois revenu !

— Je ne compte pas rester, *abi**. Je voulais tout simplement t'embrasser, saluer Chalabeia et faire la connaissance du bébé, dit Rami.

— Comment ! Rami, ce Domaine de malheur est un endroit malsain et dangereux, où personne n'ose mettre les pieds ! Tu ne t'es pas aperçu que personne ne venait vous voir ? Il n'y a que omm Hammouda qui ait eu ce courage, et d'après ce qu'on m'a dit, elle voudrait rester ! C'est de la folie pure !

— Pourquoi ? Le Domaine est magnifique et je ne lui trouve rien de « malsain », comme tu le dis.

La femme de Rafaat, Chalabeia, parut sur la porte en tenant dans ses bras son nouveau-né.

— Rami, Rami ! dit-elle. Écoute ceux qui savent ! Cette terre est maudite, et tous ceux qui y vivent finissent par connaître des mésaventures !

Rami embrassa son neveu, qui lui parut minuscule, puis se tourna vers son frère :

— Qui vous a raconté ces sornettes ? Il s'agit de cent *feddans* de palmeraies, d'un grand palais, d'un beau jardin plein de fleurs. Vous voudriez que nous abandonnions tout cela simplement parce que quelqu'un s'imagine que l'endroit est hanté !

— Hanté ? Ce serait trop beau ! Le Domaine est infesté, Rami, il est bourré de djinns ! s'écria Chalabeia, sur quoi le bébé se mit à hurler.

Entre-temps la foule à l'extérieur avait augmenté et appelait en chœur :

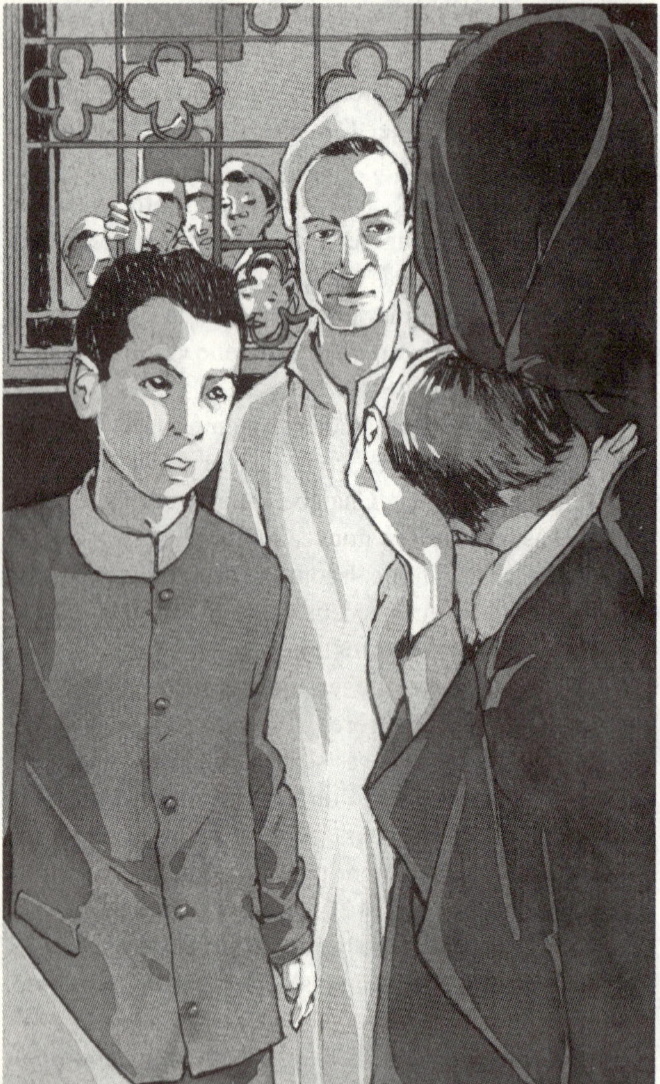

– Ra-mi ! Ra-mi ! Nous voulons Ra-mi !

Rami sortit sur le perron en souriant et en agitant les mains :

– Vous m'avez manqué, mes amis ! dit-il, les larmes aux yeux.

Il avait beau savoir qu'il était l'habitant le plus célèbre du village, celui que le khédive Abbas avait distingué et récompensé, il n'arrivait pas encore à s'habituer à sa notoriété et se sentait profondément ému. En même temps ses yeux fouillaient anxieusement parmi la foule. Il reconnaissait le cheikh Abdel Ghelil, le vieil oncle Darwiche, le cheikh Mansi, ses anciens camarades du *kottab*, mais la seule personne qui comptait vraiment, celle à laquelle il pensait jour et nuit, n'était pas là.

Rami prit son courage à deux mains et se tourna vers Chalabeia :

– Où est donc Nefissa ?

Chalabeia détourna les yeux.

– Nefissa ?

– Oui, Nefissa, ta petite sœur. Je ne la vois pas.

Rafaat s'éclaircit la gorge :

– Hum, hum. Nefissa… est au Caire.

Rami se souvint que le directeur avait promis de faire étudier la petite fille :

– Au Caire ? Où ça ? Vous l'avez mise au pensionnat ?

Chalabeia baissa la tête.

– N… non.

– Et alors, où est-elle ?

– Elle est chez des gens, marmonna Rafaat.

– Elle ne supportait plus notre marâtre, et elle est partie, expliqua Chalabeia.

Rami était profondément choqué :

– Et vous l'avez laissée partir ?

– Nefissa a la tête dure, poursuivit Rafaat. Nous lui avons proposé de vivre avec nous, mais elle a refusé.

– Mais enfin, où est-elle ?

– Elle travaille chez Khorched pacha, le maître de la grande *esba**, répondit Chalabeia.

– Travaille ? Comment, elle travaille ? Elle fait la domestique ? cria Rami hors de lui.

C'était chose courante qu'un riche propriétaire terrien fasse venir dans son palais des jeunes paysannes de ses terres, pour qu'elles servent au harem, le quartier des femmes. Ces fillettes étaient habillées, nourries, soignées, apprenaient les travaux ménagers. Après quelques années, le pacha les mariait à un homme de confiance, et payait les frais pour l'installation du nouveau ménage. Dans les familles nombreuses, qui parvenaient difficilement à joindre les deux bouts, cet usage était considéré comme une bénédiction du ciel, une véritable chance. Mais Rami voyait la chose de tout autre manière. Qu'était-il arrivé à Rafaat, à la gentille Chalabeia ? Avaient-ils perdu la raison ?

– Vous avez perdu la tête ! hurla-t-il, oubliant le respect qu'il devait à son frère aîné. Comment avez-vous pu accepter que Nefissa, « ma » Nefissa, s'en aille faire la servante chez des inconnus ?

– Khorched Pacha est un homme très bon, il est marié,

et n'a que des filles, dit rapidement Chalabeia. Tu n'as pas à t'inquiéter !

– Nefissa habite maintenant dans un palais splendide, à Choubra, renchérit Rafaat. Quand nous avons été la voir, le mois passé, elle était tout à fait heureuse et elle nous a même demandé de ne pas aller la voir trop souvent, car nous la dérangions dans ses « études ».

– Études ?

– C'est ce qu'elle nous a dit. Il paraît qu'elle étudie avec les filles du pacha.

Ce fut tout ce que Rami put apprendre pour l'instant sur le sort de sa bien-aimée. Les habitants du village l'accaparèrent, le portèrent presque en triomphe d'une maison à l'autre, lui offrant à manger et à boire. Le soir venu, il grimpa sur la calèche, réveilla le brave Marzouk et retourna au Domaine, en dépit des supplications de son frère, de Chalabeia et de quelques habitants du village aussi persuadés qu'eux des dangers que présentait sa nouvelle propriété. Une grande confusion régnait dans son esprit, et il avait le cœur serré d'angoisse et de mauvais pressentiments.

4
Le palais de Khorched pacha

Vers la fin de la deuxième semaine de fouilles, le Ns 9/6 était presque complètement dégagé et on pouvait l'admirer sur toutes ses faces. Dupré avait nommé le site par un code formé de la première et la dernière lettre du mot *naos* (petite chapelle), et de la longueur en mètres de ses parois. Il s'agissait en effet d'une chapelle rectangulaire, sorte de petit temple sans prétention, nu à l'extérieur, mais recouvert sur ses parois internes par des centaines de bas-reliefs qui exprimaient des invocations et des commandements. A mesure que l'édifice sortait des sables, Dupré se rendait compte qu'il avait fait encore une nouvelle fois une trouvaille hors du commun. Rien, de ce qu'il lisait dans ces inscriptions, ne concordait avec ses connaissances sur l'histoire et sur la religion des anciens Égyptiens. Même Rami, qui était déjà capable de déchiffrer certains textes, restait perplexe devant des formules nouvelles qui ne correspondaient en rien à la culture de l'Égypte ancienne telle qu'il l'avait étudiée. Cela ressemblait plutôt à des incitations à la violence et au crime, à des incantations rituelles s'adressant à un obscur personnage, Hàder, dont le nom n'était jamais apparu auparavant dans aucun autre vestige pharaonique.

– En arabe, remarqua Rami, « hàder » veut dire « présent », ce qui signifie en fait « je suis à votre disposition », « à votre service ». C'est un mot qui indique la soumission totale, l'obéissance aveugle. Mais qui peut bien être ce « Hàder » dont parlent les inscriptions ?

– Je ne le sais pas, avoua Dupré. C'est un nom inconnu à ce jour, qui, selon moi, indique une nouvelle qualité d'Anubis. La chapelle est indiscutablement dédiée au dieu des morts, avec de nouvelles attributions que je ne comprends pas encore.

Le soir venu, le directeur continua à taper à la machine le journal de ses découvertes, mais n'envoya aucun rapport au Caire. Il attendait avec impatience l'arrivée de son ami Ignace Bourrichon, qui aurait pu sûrement lui expliquer les phénomènes qui s'étaient produits au palais et peut-être déchiffrer le sens de certaines formules gravées sur les parois du naos. Au début de juillet, l'archéologue reçut un télégramme d'Alexandrie : Ignace Bourrichon avait débarqué de son navire et arriverait le lendemain au Caire, à l'hôtel Sémiramis. Dupré décida d'aller à sa rencontre et Rami lui demanda la permission de l'accompagner. Hammouda se joignit à eux, et c'est ainsi qu'un beau dimanche matin Marzouk endossa la redingote des grandes occasions et s'apprêta à conduire ses maîtres en ville.

Debout sur la terrasse, omm Hammouda les salua en agitant la main, toute souriante. Elle avait l'intention de faire le ménage en grand, et était bien contente de les voir s'en aller.

M. Ignace Bourrichon n'était pas encore arrivé à l'hôtel Sémiramis, où on l'attendait pour six heures. Rami profita du délai pour demander à Dupré la permission de faire une promenade en barque. Le jeune garçon n'avait qu'une idée en tête, voir, ne fût-ce que de loin, le fameux palais de Khorched pacha où était enfermée sa bien-aimée. Un peu étonné, le directeur le laissa aller en lui recommandant de revenir avant le coucher du soleil. Rami eut le plus grand mal à se débarrasser de Hammouda, qui aurait voulu l'accompagner à tout prix, mais finalement il se trouva seul passager à bord d'une grande felouque, dont le patron était un petit vieux au sourire malicieux et édenté.

– Alors, on se promène ? demanda le vieux en hissant la voile.

La lourde barque glissa loin de ses consœurs amarrées au quai et se dirigea agilement vers le centre du fleuve.

– Je veux voir les palais de Choubra, déclara Rami.

– Ça te coûtera deux piastres*, dit le vieux.

– D'accord.

Rami savait qu'une barque descendant le Nil vers Choubra était le moyen le plus simple et le plus rapide d'atteindre sans encombre les jardins du palais Khorched. Son frère Rafaat, habilement interrogé, l'avait renseigné suffisamment sur son emplacement et son apparence. Il savait donc que le palais se trouvait entre l'allée de Choubra et le Nil, qu'il était de couleur rose bonbon et

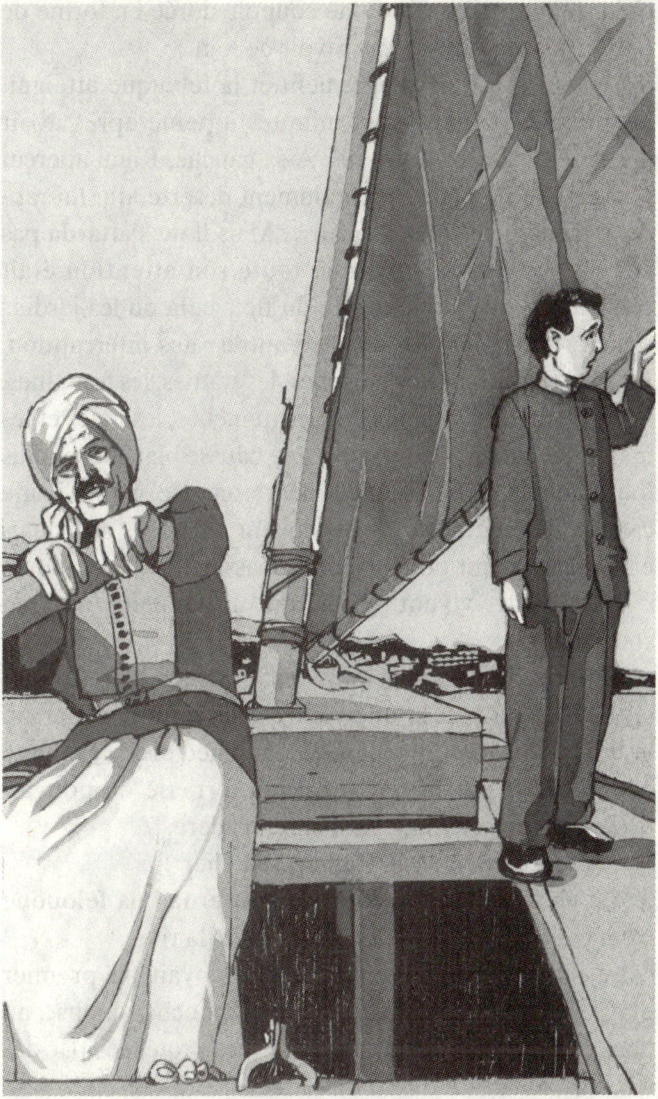

qu'il s'enorgueillissait d'une coupole dorée en forme de bulbe, qu'on pouvait apercevoir de loin.

Le vent soufflait allégrement et la felouque atteignit les premiers palais vingt minutes à peine après avoir quitté le quai du Sémiramis. A sa gauche, Rami aperçut une grande île plate, apparemment déserte, qui lui rappela vaguement quelque chose. Mais il ne s'attarda pas sur ses souvenirs parce que toute son attention était concentrée sur la rive droite du fleuve, là où les jardins fleuris succédaient les uns aux autres sans interruption. Derrière les arbres, les kiosques, les statues, les fontaines, les embarcadères en marbre, les tonnelles, les haies et les massifs, il entrevoyait parfois une bâtisse blanche, et plus loin une autre gris pâle, et encore une troisième, jaune canari. Des barques privées étaient amarrées aux quais et se balançaient doucement au passage de la felouque.

– Les riches vivent au paradis, dit le vieux *rayes* en souriant.

Enfin parut un palais plus vaste que les autres, peint en rose et flanqué d'une tour qui se terminait par un grand bulbe doré. Le palais de Khorched pacha avait été bâti presque sur la rive, et de sa terrasse on pouvait descendre directement sur l'embarcadère.

– Ralentis ! demanda Rami au batelier.

Le vieux donna un coup de gouvernail, la felouque freina sa course et vira lentement vers la rive.

Le palais semblait inhabité. On voyait au premier étage des fenêtres cachées par des moucharabiehs*, au deuxième de grandes vérandas vitrées protégées par des rideaux.

– Approche, demanda Rami.

– Tu n'as pas l'intention de descendre, j'espère ? dit le vieux batelier.

– Approche, s'il te plaît.

– D'accord, tu es libre de faire ce que tu veux. Mais ne me demande pas de rester là à t'attendre. On ne plaisante pas avec Khorched pacha, il serait capable de me faire jeter en prison !

– Juste un quart d'heure. Tu peux faire un tour vers l'île, puis tu reviendras me chercher.

– L'île aux Serpents ? De mieux en mieux ! marmonna le vieux. Écoute, j'irai jusqu'au palais de Mohammed Ali, et je reviendrai te chercher plus tard.

Rami se déchaussa, retroussa ses pantalons et sauta dans un demi-mètre d'eau. Puis il grimpa sur la rive et disparut au milieu des fleurs. Il se glissa sans bruit à travers le jardin désert, et parvint rapidement du côté de la façade principale. La porte d'entrée était surmontée d'une terrasse soutenue par d'imposantes colonnes torsadées en marbre rose, et deux janissaires* chamarrés et armés de cimeterres se tenaient immobiles de part et d'autre des battants fermés. L'un d'eux bâilla bruyamment et l'autre dit quelque chose que Rami ne put entendre. Tout était figé, austère, rebutant, une véritable prison. Impossible de pénétrer dans cette demeure, se dit Rami. Nefissa était perdue pour lui !

La rage l'envahit. Comment Chalabeia avait-elle accepté que sa sœur aille travailler en ville ? Son mari, Rafaat, avait ouvert un grand atelier de tissage, ses tapis se vendaient comme des petits pains ; il gagnait bien sa vie. Si vraiment la petite ne pouvait plus supporter sa terrible marâtre, ils auraient pu aisément l'accueillir chez eux. Au lieu de cela, ils avaient accepté qu'elle quitte le village, qu'elle aille travailler chez des étrangers. A ce moment, et pour la première fois de sa vie, Rami détesta son frère et sa femme.

Tandis que le jeune garçon ruminait ces sombres pensée, la porte du palais s'ouvrit et les deux janissaires s'inclinèrent jusqu'au sol. Un personnage, le dernier que Rami aurait pu imaginer voir dans ces lieux, venait de paraître et se dirigeait sans hâte vers le mur d'enceinte du palais ; c'était un moine vêtu de bure qui égrenait pieusement son chapelet.

– Au revoir, père Célestin ! cria une voix de femme de l'intérieur du palais.

Rami s'aplatit derrière un buisson, tandis que son corps se couvrait de sueur froide. Dans son allure, dans sa manière de marcher et de dodeliner de la tête, le moine mystérieux avait quelque chose qui lui était terriblement familier. Rami se frotta les yeux, comme pour se réveiller d'un cauchemar. Non, ce n'était pas possible, c'était absurde, inconcevable : Henri Armellini sous le déguisement d'un humble moine, dans le palais d'un richissime pacha ! Il se trompait, sans aucun doute, il avait eu la berlue : Monsieur H., à cette heure, était à l'autre bout du monde, en train de jouir des immenses trésors qu'il avait accumulés durant une vie entière de vols et d'assassinats. En comparaison, même la fortune de Khorched pacha n'était pas un appât suffisant pour qu'il risque encore une fois sa liberté.

Rami revint vers l'embarcadère en se glissant entre les haies et les plates-bandes : précaution bien inutile, puisque le parc était aussi désert et silencieux que celui de la Belle au Bois dormant. Il ne vit donc pas deux hommes s'accouder au balcon qui surmontait l'entrée. Le premier était rond comme une boule de suif, l'autre, très maigre et d'une taille démesurée. S'il les avait vus, Rami aurait cessé de se traiter de visionnaire, et aurait compris que le moine capucin pétri de dévotion était bien l'horrible Monsieur H. que les polices de trois continents recherchaient en vain depuis des années.

– Armellini a perdu la tête ! s'écria Ghelda dès que le père Célestin eut disparu à travers la petite porte du mur d'enceinte. J'en ai assez de sa folie des grandeurs ! J'en ai assez d'être enfermé ici !

Du balcon du palais Khorched il pouvait apercevoir l'allée de Choubra et le va-et-vient des riches promeneurs, et tous ses instincts de pickpocket se réveillaient au bout de ses doigts.

– Remercie le ciel d'être ici plutôt que derrière les barreaux, dit placidement le gros Walid Farghali.

– Nous sommes quand même en prison ! grogna Ghelda. Tu peux m'expliquer ce que nous attendons pour filer d'ici ?

Cela faisait un peu plus de quatre mois que les deux complices de Monsieur H. étaient les hôtes du palais, après s'être cachés un peu n'importe où. Un beau jour, Armellini, déguisé en moine, était venu leur annoncer qu'il avait trouvé la cachette idéale : habitation luxueuse,

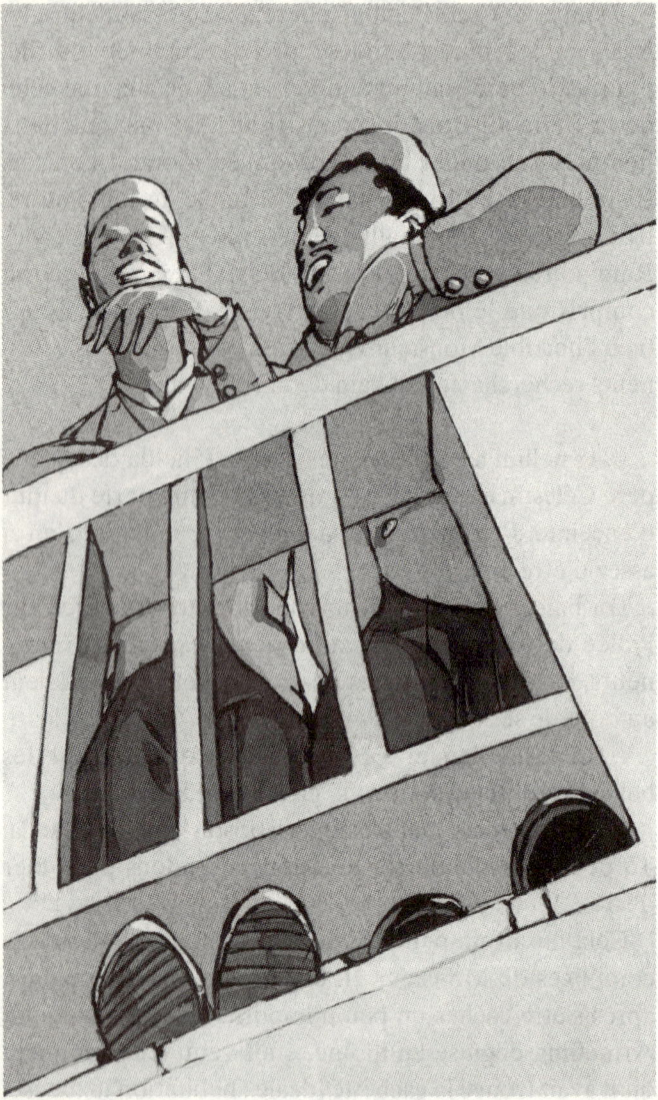

draps en satin, nourriture de première qualité, domestiques aux petits soins.

Il n'exagérait pas. Le palais Khorched, son propriétaire, sa famille et ses domestiques se mirent immédiatement à leur disposition. Le pacha ne sortait de sa chambre que pour les repas, les laissant libres d'aller et venir à leur aise. Madame Khorched et ses deux filles, laides comme des guenons, vivaient enfermées dans l'aile est du palais, et les domestiques vaquaient à leurs besognes en silence, prêts à satisfaire leur moindre désir. La vie aurait été belle si Ghelda et Walid avaient pu se déplacer librement, et surtout s'ils avaient su ce qui trottait dans la tête de Monsieur H. L'incertitude les rendait fous. Armellini venait chaque jour au palais en robe de bure et sandales de cuir, s'enfermait dans la bibliothèque avec le pacha, et leurs tête-à-tête énigmatiques se prolongeaient pendant des heures, nul bruit ne filtrant de la porte fermée à clé.

– Qu'est-ce qu'ils ont donc à se dire ? trépigna Ghelda. Pourquoi nous n'avons pas le droit d'assister à leurs rencontres ? En fin de compte, nous sommes ses assistants, et c'est bien grâce à nous s'« il » n'a pas fini en prison, la dernière fois.

Une petite servante parut sur la terrasse :

– Le dîner est servi, dit-elle, en se couvrant la partie inférieure du visage avec un pan de son voile. Au-dessus, ses grands yeux noirs les regardaient avec attention, comme si elle avait voulu lire leurs pensées.

– Ça va, ça va ! répondit Ghelda avec brusquerie. Nous venons !

La petite servante disparut sans ajouter un mot et descendit au salon, où le repas était servi sur un immense plateau en cuivre soutenu par un support pliant. Khorched pacha était assis près de la fenêtre et regardait le Nil embrasé par le soleil couchant. La petite servante s'approcha :

– Je les ai avertis, mon pacha. Ils arrivent.

– C'est bien, Nefissa.

La jeune fille suivit le regard du vieil homme et vit une felouque qui s'éloignait vers le sud, sa grande voile gonflée de vent. Son cœur se mit à battre, parce que de cette felouque inconnue émanait une sorte d'appel, comme une invitation au retour. La petite servante éprouvait une nostalgie brûlante pour son humble maison et pour ceux qu'elle aimait, mais elle était investie d'une mission et devait l'accomplir jusqu'au bout.

5
Monsieur Bourrichon
et mademoiselle sa fille

– Ah, mon ami, ne m'en parlez pas. Nous avons vécu un véritable cauchemar !

Cela faisait plus d'une heure que M. Ignace Bourrichon, expert mondialement reconnu des phénomènes paranormaux, racontait à Dupré et à Hammouda les malheurs qui lui étaient arrivés à son débarquement à Alexandrie. Ils étaient assis dans un confortable salon de l'hôtel Sémiramis, bercés par la musique d'un orchestre de chambre, et le lugubre récit de ce gentil monsieur, à la tignasse blanche et cotonneuse comme une barbe à papa, faisait un contraste saisissant avec le luxe qui les entourait.

– Pour notre malchance, mon cher Alain, la police a repêché le cadavre juste avant que nous ne débarquions, disait Bourrichon en repoussant ses lunettes qui glissaient continuellement sur son nez. Elle a bloqué immédiatement les issues du port et a insisté pour interroger tout le monde. Une absurdité, mon cher ami, parce que d'après ce que j'ai vu, ce pauvre diable gisait au fond de l'eau depuis quatre mois au moins !

Par excès de zèle, ou par simple routine, les policiers

avaient fouillé de manière pointilleuse les bagages des voyageurs, ce qui avait pris énormément de temps. Puis ils avaient interrogé un à un les passagers du navire et leur avaient posé des questions déraisonnables comme : « Avez-vous remarqué quelque chose d'anormal pendant le voyage ? Avez-vous remarqué la disparition d'un voyageur ? D'un membre de l'équipage ? »

Bourrichon était au comble de l'énervement :

– Je leur ai dit bien haut que ce crime ne nous concernait en aucune manière, étant donné qu'il avait été commis bien avant notre arrivée en Égypte. Mais ils avaient l'air de ne pas comprendre, et nous regardaient tous comme si nous étions des assassins en puissance. Imaginez ce qu'a été cette journée pour nous, parqués comme des bêtes sur les quais, en plein soleil, sans même un petit pastis pour nous désaltérer !

Un vendeur de journaux passa sous les fenêtres de l'hôtel en criant : « Le crime d'Alexandrie ! Le crime d'Alexandrie ! » et le directeur envoya un serveur lui acheter une copie du *Progrès égyptien*. Un gros titre barrait la première page : « Monsieur H. frappe à nouveau », et Dupré sourcilla :

– Je comprends, maintenant, pourquoi on vous a infligé une pareille épreuve. Pour notre police, Monsieur H. est un vrai cauchemar »

– M. Hache ? Qui est M. Hache ?

Le directeur raconta brièvement à son ami l'histoire d'Henri Armellini, le « gentil libraire » qui s'était révélé en fait un receleur de pièces archéologiques et un redoutable assassin. Bourrichon haussa les épaules :

– Je veux bien vous croire, mais comment ont-ils pu attribuer illico à ce monsieur Hache, ainsi que vous l'appelez, un crime qui remonte au moins à quatre mois ? Quelles preuves ont-ils ?

– D'après le journal, le cadavre présentait une fracture des vertèbres cervicales : c'est la signature de ce criminel et de ses hommes, qui sont entraînés à tuer selon des méthodes japonaises.

– Méthodes japonaises ? Mon Dieu, quelle horreur ! Pas un mot de tout cela à ma fille. Elle ne s'est pas encore remise du choc subi à Alexandrie.

A cet instant, Mlle Bourrichon entra dans le salon. Elle ne paraissait nullement choquée et avança avec grâce vers eux. Le directeur se leva galamment, tandis que Hammouda restait figé sur place, écrasé par une avalanche de sentiments admiratifs. Jamais, au grand jamais il n'aurait pu imaginer l'existence sur terre d'une créature si blonde, si mince, si vaporeuse. Elle était tellement belle qu'elle semblait répandre une douce lumière, comme ces lampes en albâtre qui ornaient les salons à la mode.

– Ça va, ma petite ? demanda Bourrichon.

– Ça va, papa, répondit l'apparition, d'un ton nonchalant.

– Salue donc, Hammouda, murmura le directeur.

Hammouda bondit sur ses pieds et s'inclina profondément, comme il l'avait vu faire par certains messieurs distingués devant des dames belles et élégantes.

– B... bienvenue dans notre pays, bégaya-t-il, en rougissant violemment.

– Merci, minauda la délicieuse créature.

Hammouda se noya dans l'azur de ses yeux, sur lequel palpitaient comme des papillons des cils noirs et recourbés. Une auréole de frisettes dorées encadrait son visage adorable, et sa taille, serrée dans une robe de guipure blanche à tournure, était aussi mince que le col d'un vase.

La contemplation éperdue de Hammouda fut interrompue par le retour de Rami. Celui-ci était triste et distrait et ne paraissait pas satisfait de sa promenade en barque. Les présentations faites, on fit avancer la voiture, et le groupe se mit en chemin pour le Domaine. Les bagages des Bourrichon n'arriveraient que le lendemain.

– Mes livres sont lourds et prennent beaucoup de place, presque autant que les robes de ma fille, expliqua le savant. Je les ai fait expédier directement chez vous.

Ils arrivèrent vers minuit au Domaine, accompagnés de l'habituelle sarabande des feux follets qui couraient au pied des palmiers.

– Étrange, grogna Bourrichon. Ce phénomène naturel a lieu d'habitude dans les endroits marécageux. Ici, si je ne me trompe, nous sommes sur un sol sec et sablonneux, n'est-ce pas ?

– Exact, répondit le directeur. Mais ce ne sont pas les feux follets qui me préoccupent, mon cher Ignace !

Quand tout le monde se fut installé dans les chambres et que la jeunesse s'en fut se coucher, les deux hommes s'enfermèrent dans la bibliothèque et le directeur raconta à Bourrichon les faits qui avaient troublé son séjour après l'arrivée des deux garçons : les objets volants du premier soir, l'écriture qui s'effaçait, le message rapporté par Ringo.

Bourrichon jeta un coup d'œil au chien qui dormait profondément à leurs pieds, puis examina attentivement le papyrus :

– Un faux ! Un vulgaire faux moderne, sur un support ancien.

– J'en suis convaincu, Ignace. Mais comment expliquer la transformation de Ringo ? Son retour pendant la nuit, malgré les portes fermées ?

– Quelqu'un lui a ouvert la porte, dit placidement Bourrichon.

– Ringo ne se laisse pas manipuler et diriger par des inconnus, répliqua Dupré.

– Sauf s'il est drogué, mon ami, ou s'il a subi une influence hypnotique.

Bourrichon se leva et se mit à marcher dans la pièce.

– Pour ce qui concerne les phénomènes de lévitation auxquels vous avez assisté, poursuivit-il sentencieusement, ils sont assez habituels dans une maison où se trouvent des adolescents. J'ai étudié des dizaines de cas semblables et je suis en train d'écrire un mémoire à ce sujet.

– Vous voulez dire, murmura Dupré, que ces phénomènes sont reliés à la présence de Rami et Hammouda au palais ?

– Tout à fait, répliqua Bourrichon avec énervement.

Dupré comprenait parfaitement la déception de son ami, qui était venu en Égypte dans l'espoir d'étudier des événements exceptionnels et qui se trouvait en présence d'un cas archiconnu.

– Je suis tout de même convaincu, ajouta-t-il en désespoir de cause, que vous m'aiderez à résoudre d'autres questions. Ainsi, pourquoi mes rapports s'effacent-ils ? Pourquoi m'envoie-t-on des messages pour m'ordonner de ne pas communiquer ma découverte à mes collègues ?

Bourrichon ne s'émut pas :

– C'est bien ce que j'ai l'intention de comprendre. Pour l'instant, je ne vois qu'une explication. Un plaisantin a versé de l'encre sympathique dans vos encriers. Mon cher ami, il est probable que l'on vous jalouse et que l'on veut vous mettre des bâtons dans les roues. J'ai entendu dire que dans le milieu des archéologues on ne ménage pas les coups bas.

– Je n'ai jamais envisagé la chose de ce point de vue, murmura Dupré.

– Mon cher, vous avez reçu du khédive d'Égypte des dons et des honneurs qui ont dû rendre furieux pas mal de vos collègues.

– Vous avez raison. Je suis stupide de ne pas y avoir pensé. Savez-vous ce que je vais faire ? Dès demain, je vais envoyer au Caire mes rapports. J'ai déjà assez tardé !

Dupré ouvrit son tiroir, ramassa une grosse liasse de feuilles écrites à la machine et la mit dans une enveloppe.

– Voilà, demain matin mes rapports seront sur le bureau de M. Maspero ! Et maintenant, allons nous reposer.

Mais le lendemain matin, quand Dupré revint prendre l'enveloppe pour l'expédier au Caire, celle-ci n'était plus qu'un petit amas de papier carbonisé et de cendres. Au-dessous, la surface de la table était intacte.

Bourrichon examina minutieusement les restes de l'enveloppe et des feuilles, qu'il sépara délicatement les unes des autres à l'aide d'une longue pince.

– Tiens, dit-il, en les levant vers la lumière. On dirait que vos rapports ont été subtilisés.

Alain Dupré s'approcha de lui.

– Que voulez-vous dire ?

– Je veux dire que les feuilles brûlées étaient des feuilles blanches. Voyez-vous, Dupré, l'écriture laisse toujours des traces, même vagues, sur une feuille brûlée. Or ici il n'y en a aucune !

Bourrichon s'appliqua ensuite à l'examen du plan de la table, des tapis et des meubles de la bibliothèque. Puis il demanda à visiter le palais dans tous ses recoins et Dupré l'accompagna des tourelles au sous-sol. Le savant approchait son nez des parois, grattait de petites parcelles d'enduit, ramassait soigneusement de minuscules fragments qu'il trouvait par terre. Omm Hammouda s'aperçut de son manège :

– Que veut-il, ce bonhomme ? demanda-t-elle furieuse à son fils. Il n'est pas content de mon travail ?

Hammouda ne l'entendit pas. Accoudé à une fenêtre, il était perdu dans la contemplation de Mlle Bourrichon qui jouait avec Ringo au jardin.

Entre-temps, Bourrichon et Dupré continuaient leurs recherches au sous-sol. L'endroit, faiblement illuminé par deux soupiraux, était parfaitement vide et le sol en terre battue ne conservait que des traces presque invisibles.

– Regardez ! dit Bourrichon. On dirait les empreintes des pattes de votre chien.

– C'est probable. Ringo se faufile partout.
– Et voici des traces laissées par un homme.
– Ou bien une femme avec de grands pieds : omm Hammouda !
– Vous êtes sûr que ce sous-sol ne communique pas avec l'extérieur par un passage secret ?
– Franchement, Ignace, je n'en sais rien. S'il y a un passage, nous finirons bien par le trouver.
– Pour l'instant, je me refuse à croire à des interventions paranormales, déclara Bourrichon. En fait, mon cher Alain, on se promène chez vous comme dans un moulin. On entre, on sort, on vole vos papiers. Et pour ce faire, il faut que vos ennemis sachent par où passer.

Ce jour-là, Alain Dupré et ses amis arrivèrent au chantier avec deux heures de retard sur l'horaire habituel et le trouvèrent désert. Le *rayes* Atris était assis sous un palmier et se tenait le ventre.

– Empoisonnés, monsieur. Nous avons été empoisonnés !

Il expliqua confusément que lui et ses hommes avaient mangé de la bélila, cuisinée par omm Farahat, la pâtissière de Harraneia, et qu'une demi-heure après ils s'étaient tous trouvés mal : coliques, vomissements et faiblesse générale, au point que l'équipe au grand complet manquait à l'appel.

– Je suis venu, hoqueta Atris seulement pour vous avertir, monsieur. Demain, *inch Allah**, nous reprendrons le travail.

– Va te coucher, Atris, et soigne-toi, dit Dupré, et il ordonna à Marzouk d'accompagner le *rayes* au village

– Je suis peut-être atteint de la folie de la persécution, dit-il à voix basse à Bourrichon, mais personne ne m'enlèvera de la tête qu'Atris et son équipe ont été empoisonnés pour m'empêcher de travailler.

– Tout est possible, grommela Bourrichon. Maintenant, mon ami, montrez-moi donc votre découverte.

Ils descendirent dans l'excavation qui entourait le Ns 9-6, et franchirent la porte dont le linteau était surmonté du « soleil ailé ». Dès que Dupré eut dégagé les parois internes des bâches qui les protégeaient du soleil, Bourrichon poussa un cri d'admiration :

– Quelle merveille !

Ils passèrent en revue les bas-reliefs et les fresques, suivis par Mlle Bourrichon et les deux garçons. Dupré, énervé par la perte de son précieux rapport, donnait des explications sommaires, en traduisant parfois un signe ou une phrase. L'archéologue était sombre et laconique, et il accomplissait sa tâche de manière presque machinale. Tout à coup il sursauta, car Bourrichon avait poussé un cri :

– Qu'est-ce que vous avez dit ?

– Quoi ?

– Cette phrase, que vous venez de me traduire, répétez-la !

Dupré relut l'inscription :

– Salut à toi, maître du sel, seigneur de la corruption.

– Continuez, continuez à lire ! s'écria Bourrichon.

– Tu fais couler le sang de tes amis, lut le directeur. Tu ne connais ni la pitié ni la compassion, tu es le maître de la nuit.

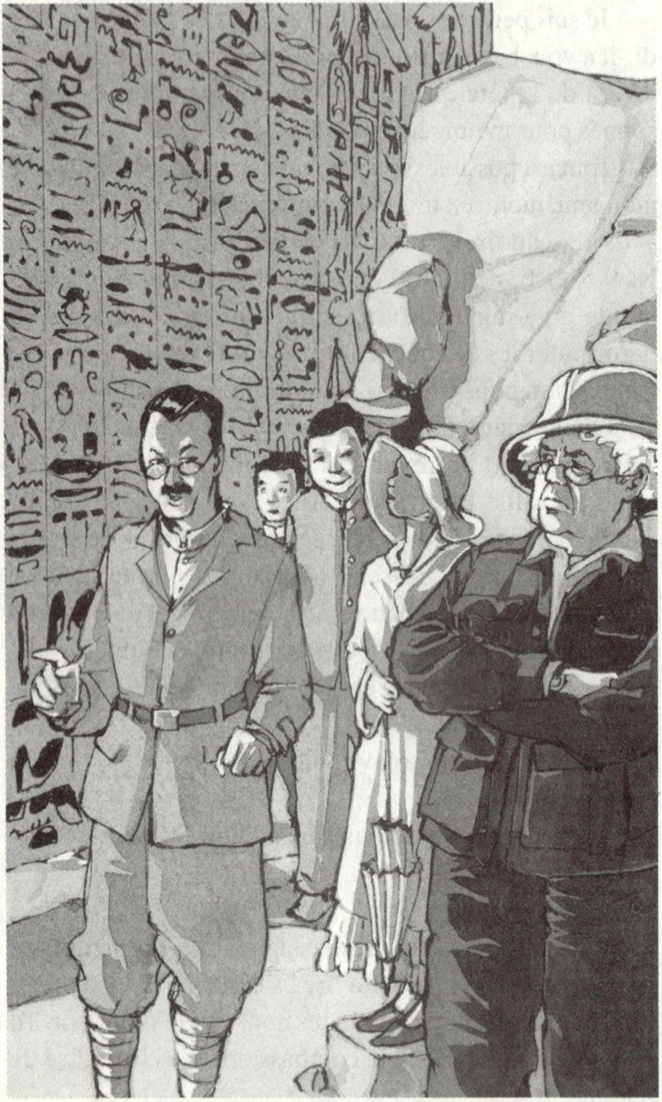

– Encore… encore ! piaffait le savant, au comble de l'agitation.

– Papa a trouvé quelque chose, dit Mlle Bourrichon d'une voix suave.

Un peu étonné, Alain Dupré poursuivit la traduction qui intéressait tant Ignace Bourrichon.

– A toi la toute-puissance, dans le règne des morts et dans le règne des vivants. A toi la puissance des ténèbres, la puissance du jour, la puissance de la guerre, la puissance de la victoire. A toi la puissance pure, car tu es le seul, l'unique, le maître que nous adorons.

– A… qui s'adressent… ces invocations ? demanda Bourrichon d'une voix entrecoupée.

Alain Dupré le regarda :

– Ignace, que vous arrive-t-il ?

– Plus tard, plus tard, mon ami. Dites-moi maintenant à qui s'adressent ces versets !

– Voilà le problème, je n'en sais rien. La chapelle est sans doute dédiée à Anubis, le dieu des morts. Je croyais au début qu'elle faisait partie d'un complexe plus vaste où on pratiquait l'embaumement des défunts, mais rien n'est venu confirmer cette hypothèse. J'ai bien trouvé dans les inscriptions un nouvel appellatif, Hàder, mais à l'heure actuelle je ne sais pas à qui il se réfère, ni si c'est un nouveau nom du même Anubis.

Bourrichon souleva son casque colonial et s'épongea le front :

– Mon cher ami, sans le savoir vous avez mis le pied dans une fosse aux serpents ! Vous avez bien fait de m'appeler, je suis le seul – et je dis bien le seul – qui puisse vous aider.

6
Le grimoire

– Nefissa ! appela la vieille Mme Khorched de sa voix chevrotante.

La petite servante aux grands yeux noirs accourut.

– Oui, madame.

– Nefissa, qu'est-ce qui se passe au jardin ? Qui sont ces gens ?

La jeune fille regarda par la fenêtre : Ghelda et Walid étaient en train d'accompagner le père Célestin vers la sortie.

– Madame, c'est le père Célestin avec les invités du pacha.

– Invités ? Et quand mon mari les a-t-il invités ?

– Depuis quelques mois déjà, madame.

– Quelques mois ? Je ne me souviens pas. Comment cela se fait-il ? Des hommes, des étrangers, dans notre palais ? La vertu de mes filles est en danger !

Nefissa secoua la tête. Depuis quelque temps, la dame Khorched semblait perdre la mémoire à intervalles réguliers, pour la récupérer soudainement quelques heures après. Pour ce qui concernait la vertu des demoiselles

Khorched, elle était bien gardée par leur laideur extrême, qui avait découragé depuis longtemps les chasseurs de dot les plus déterminés.

– Madame ne doit pas se faire de souci, déclara Nefissa. Ces messieurs sont très discrets et polis.

De sa fenêtre, elle vit le père Célestin faire un geste d'énervement auquel le grand brun à la figure de poisson répondit par des vociférations confuses. Nefissa ne pouvait pas entendre ce qu'il disait, mais comprenait bien que l'homme exprimait un furieux dépit. L'autre, le gros, le prit par le bras et essaya de l'entraîner au loin, mais le grand se dégagea brusquement et se précipita vers le moine, les mains tendues vers sa gorge comme pour l'étrangler. Et là il se passa quelque chose d'inattendu, Ghelda voltigea dans l'air et alla s'étaler sur le dos au milieu d'une plate-bande, tandis que le père Célestin époussetait tranquillement une manche de sa robe de bure et se dirigeait à pas mesurés vers le portillon.

Walid alla ramasser son ami, et les deux hommes revinrent vers le palais, l'un soutenant l'autre.

– Je t'ai dit mille fois qu'il est inutile de t'énerver, disait le gros. Il faut être patients !

Nefissa sortit rapidement du quartier des femmes et alla se poster dans la loggia intérieure qui dominait le vestibule. Les deux hommes entrèrent et la voix grinçante de Ghelda résonna dans tout le palais :

– Je vais le tuer, Walid. Je te le jure. Je vais le tuer ! Depuis que je suis à son service, je n'ai connu que... aïe ! Vas-y doucement, il m'a cassé le dos !... je n'ai connu que des misères...

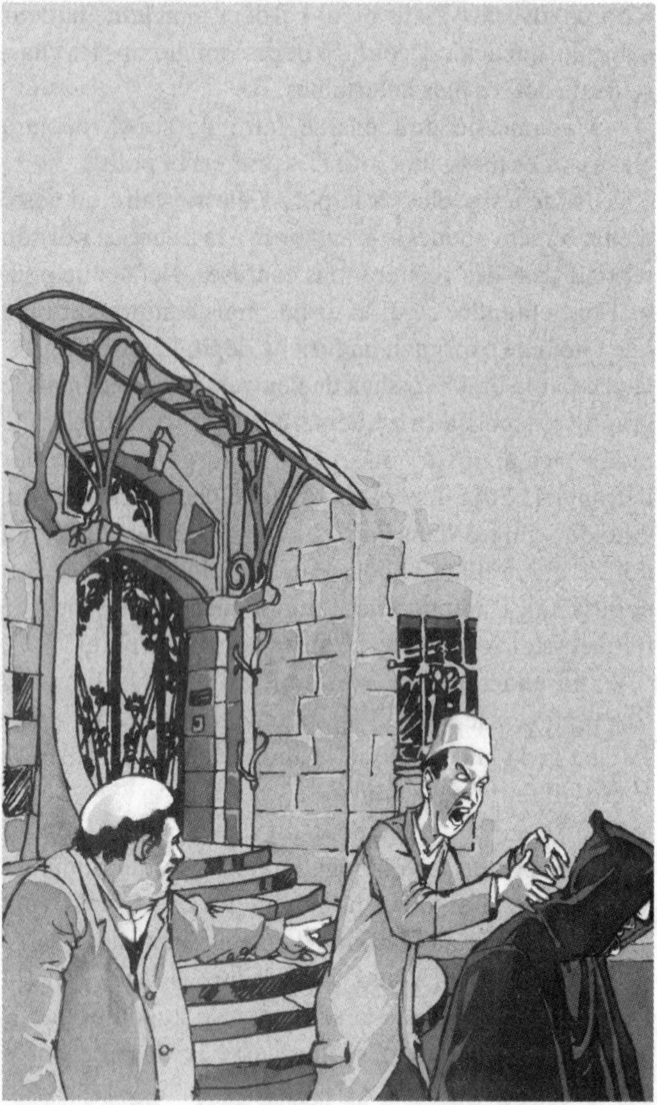

Les deux hommes traversèrent le vestibule et disparurent dans l'escalier qui conduisait à leur chambre. Nefissa se mordit la lèvre inférieure. A son service ? De qui parlait-il ? Du moine ? Alors ce moine était...

Quelques mois auparavant la jeune fille avait vu arriver au palais deux hommes qu'elle avait reconnus immédiatement. C'étaient les mêmes qu'elle avait rencontrés près de l'éventaire d'oncle Darwiche, à Mit Rehina, un beau jour d'octobre de l'année précédente, quand ils étaient venus s'informer sur Rami et Hammouda. Elle n'avait jamais oublié leurs visages mauvais, leurs yeux fureteurs, les questions sournoises qu'ils avaient posées. Ils étaient les émissaires, les complices de Monsieur H.

A son grand étonnement, le pacha avait accueilli à bras ouverts ces personnages douteux et leur avait assigné de belles et confortables chambres dans l'aile nord de son palais, pour qu'ils n'aient pas à souffrir de la chaleur. Des ordres sans appel avaient été donnés aux domestiques pour que les deux invités soient traités comme des seigneurs, et le pacha veillait personnellement à ce que tous leurs repas soient des festins. Pour Nefissa, qui avait eu l'occasion de connaître avant cela le caractère plutôt sévère de Khorched pacha, ses dispositions aimables envers les deux criminels étaient une véritable énigme. L'énigme se fit encore plus troublante quand elle s'aperçut que la famille Khorched au grand complet semblait vivre dans un état second, dans l'attente de la visite presque journalière d'un moine nommé père Célestin. Celui-ci s'enfermait avec les Khorched dans une chambre du palais, et des sons étranges filtraient parfois à travers la porte close : murmures, invocations, litanies plaintives. La visite se prolongeait pendant des heures.

Puis les femmes de la maison cessèrent de participer à ces séances et s'enfermèrent dans leurs chambres. A partir de ce jour, le pacha reçut seul le moine.

Nefissa s'aperçut un peu plus tard que les nommés Ghelda et Walid semblaient s'être liés d'amitié avec le père Célestin. Ils allaient à sa rencontre quand il entrait dans le jardin, l'accompagnaient à la sortie quand il s'en allait. Elle avait pensé tout d'abord à une vaste campagne de conversion que le capucin aurait entreprise dans le palais Khorched. Mais la phrase qu'elle venait d'entendre : « ... depuis que je suis à son service... », confirmait les soupçons qui avaient commencé à germer dans son esprit : Ghelda et Walid connaissaient le moine depuis longtemps, et peut-être que ce moine n'était pas du tout celui qu'il prétendait être.

– Nefissa !

La jeune fille laissa là ses réflexions et courut vers les chambres des femmes.

– Oui, mademoiselle !

Gulpinar, l'aînée des deux filles du pacha, se tenait devant le miroir et se regardait avec attention, tandis que sa mère essayait de nouer en chignon ses cheveux aussi durs et crépus que de la paille de fer.

– Nefissa, qu'en dis-tu ? Il y a un changement ? demanda Gulpinar.

– Un changement, mademoiselle ? En quoi ?

– Bien sûr, ma petite, qu'il y a un changement, intervint

précipitamment Mme Khorched, ta peau est plus claire et tes moustaches ont disparu.

– Mais mon nez est toujours le même, gémit Gulpinar. N'est-ce pas, Nefissa, qu'il est toujours le même ?

– Euh…

Mme Khorched s'entremit de nouveau :

– Tu sais bien que pour le nez, cela prendra quelque temps, ma fille.

– Maman, j'en ai assez. Ça traîne, ça traîne ! Le père Célestin nous avait promis des résultats rapides.

– Il faut avoir confiance, ma fille, et répéter ses formules chaque matin.

Nefissa écoutait. C'était donc ça, le biais par lequel le faux moine avait conquis la sympathie de ces braves gens : en faisant croire au pacha qu'il délivrerait ses filles de leur désespérante laideur ! Mais pourquoi ? Quel était son véritable but ? Et comment avait-il pu faire accepter au pacha l'idée d'installer ses deux compères dans sa magnifique demeure ?

Bourrichon fit asseoir tout le monde autour de la table de la bibliothèque et commença :

– Mes chers amis, je vais vous raconter une histoire qui vous semblera étrange. Il y a une année, par le plus grand des hasards, je suis tombé sur un manuscrit, un grimoire écrit en caractères cyrilliques, qui venait tout droit des plaines de l'Ukraine. C'était le manuel secret d'un groupement nihiliste qui avait dégénéré et s'était transformé en une sorte de secte satanique…

Les yeux de Rami et Hammouda s'écarquillaient de

plus en plus. Quelle langue parlait donc M. Bourrichon ? Grimoire ? Cyrillique ? Nihiliste ? Satanique ?

Mlle Bourrichon s'aperçut de leur désarroi et expliqua avec froideur :

– Un grimoire, c'est un livre de magie écrit pour les sorciers. On appelle cyrilliques les caractères que l'on emploie pour écrire plusieurs langues, dont le russe. Les nihilistes sont des conspirateurs très méchants, qui veulent détruire le monde. Et enfin, les sectes sataniques sont des groupes d'hommes et de femmes qui s'adressent au diable comme nous nous adressons au bon Dieu.

– Voilà, c'est à peu près ça, grosso modo, confirma Bourrichon. J'ai trouvé le manuscrit dans un couvent où j'avais été appelé en catastrophe, parce qu'il s'y passait des faits exceptionnels : fenêtres cassées sans raison, murs qui se fendaient de haut en bas, planchers qui s'écroulaient sous le poids des moines…

– Peut-être que le couvent tombait en ruine ? risqua le directeur.

– Pas du tout ! clama Bourrichon. Il était solide et massif, comme tous les couvents. La preuve : à partir du moment où j'ai emporté le manuscrit, les phénomènes paranormaux ont cessé. Le propriétaire du livre, un moine qui l'avait reçu d'un ami russe, mort depuis, était bien content de s'en débarrasser, tandis que pour moi il représentait un véritable trésor culturel.

– Naturellement les mêmes phénomènes se sont manifestés chez vous, hasarda Dupré, à qui la faconde de son ami donnait le tournis.

Bourrichon et sa fille sourirent ironiquement.

– Jamais de la vie ! s'écria le savant d'un ton de triomphe. Je ne serais pas Ignace Bourrichon si je ne savais pas comment contrôler un simple grimoire. Il suffit – dit-il en baissant la voix – de l'enfermer dans un coffret doublé de plomb, qui ne sera ouvert qu'en plein air, dans un endroit ventilé.

– Élémentaire, balbutia Dupré. Mais en quoi tout cela nous regarde-t-il ?

– J'y viens. Après avoir lu attentivement le manuscrit, j'ai compris que ses origines se perdaient dans la nuit des temps. Bien qu'il ne fût lui-même que la copie moyenâgeuse d'une copie plus ancienne, les textes qui y étaient inscrits révélaient sans équivoque une origine égyptienne.

– Quoi ?

– C'est pour cela que vous nous avez vus arriver si vite, mon cher Alain. Quand j'ai reçu votre lettre, nous avions déjà nos billets pour l'Égypte et nos valises étaient prêtes !

Le directeur et les deux garçons éberlués fixaient le savant, qui paraissait tout heureux de l'effet produit. Rami s'éclaircit la gorge :

– Monsieur, je suppose naturellement que vous avez apporté ce... grimoire avec vous.

– Mais naturellement, mon cher garçon. Je l'attends d'un moment à l'autre, avec nos bagages. Il sera là avant le coucher du soleil. A ce moment, vous pourrez constater de visu que ce qui y est écrit correspond mot à mot...

Bourrichon s'arrêta, parcourut du regard les visages de ses auditeurs qui semblaient pendus à ses lèvres, et

quand il se fut assuré de leur attention inconditionnelle il laissa tomber avec flegme :
– ... aux inscriptions gravées dans le naos !

L'après-midi, en attendant l'arrivée de la charrette qui leur apporterait leurs bagages, Bourrichon et sa fille s'installèrent au jardin, sous la tonnelle. La robe en guipure blanche de Mlle Bourrichon était passablement défraîchie, et la jeune fille était impatiente de recevoir ses valises pour pouvoir se changer. Rami demanda à Hammouda de l'accompagner dans une promenade à cheval qu'il avait l'intention de faire du côté du désert, mais son ami refusa. Pour rien au monde il n'aurait quitté ce merveilleux jardin où il faisait si bon, où la compagnie était si agréable.

De la fenêtre de sa chambre, omm Hammouda observait son fils, dont le comportement lui semblait quelque peu trop calme : son petit ne serait-il pas malade, par hasard ? Les djinns ne se seraient-ils pas faufilés dans son esprit, le rendant doux comme un agneau pour pouvoir le manipuler plus facilement ?

« Loin de nous, esprits malins ! Soyez maudits, esprits de la nuit ! » murmura omm Hammouda en touchant les quelque douze amulettes variées qui pendaient à son cou, sous sa robe. Il y en avait une qui lui était particulièrement chère, elle lui avait été donnée il y a très longtemps, quand elle était encore une jeune mariée, par un derviche, un religieux musulman qui avait passé quelques jours à Mit Rehina. Le saint homme lui avait assuré qu'aucun malheur ne pourrait la frapper, ou atteindre les membres de sa famille, tant qu'elle la porterait au contact de sa peau. Le précieux porte-bonheur était formé d'une cordelette à laquelle était suspendue une perle en verre bleu flanquée à droite et à gauche de deux petites turquoises.

7
Les djinns s'amusent

Vers sept heures, quand le soleil commençait déjà à descendre vers l'horizon, au lieu de la charrette tant attendue qui devait apporter les bagages des Bourrichon, les habitants du palais virent paraître au bout de l'allée un groupe de policiers à cheval, parmi lesquels il y avait une vieille connaissance, le *maamour** de Mit Rehina.

– Salut, mon ami, dit Dupré, un peu inquiet.

Le *maamour* avait l'air mal à l'aise :

– Monsieur le directeur – pardon, monsieur le surintendant général –, je suis désolé d'avoir à vous donner une mauvaise nouvelle.

– Une mauvaise nouvelle ? Qu'est-il arrivé ? Rami a eu un accident ? s'écria Dupré.

Le jeune garçon était sorti à cheval et n'était pas encore rentré.

– Oh, non, monsieur. Nous ne sommes pas ici pour Rami. Voyez-vous, la charrette qui transportait les bagages qui vous appartiennent a été attaquée par des brigands...

Bourrichon et sa fille s'approchèrent :

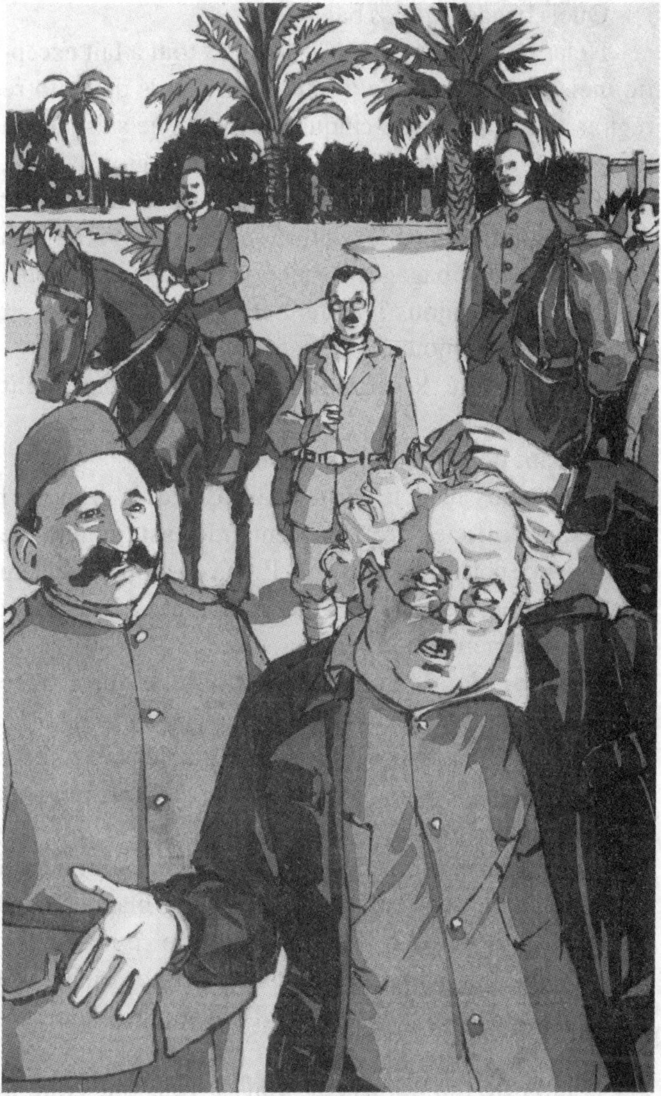

– Quels bagages ? Nos bagages ?
– Hélas ! Oui, monsieur. C'est un fait tout à fait exceptionnel, monsieur, il n'y a plus de brigands dans notre région depuis au moins cinquante ans. Je ne sais pas du tout ce qui a pu se passer pour qu'ils resurgissent ainsi, inopinément. Mais voilà, c'est arrivé, et vous m'en voyez désolé. Ils ont attaqué le conducteur, l'ont garrotté, puis ils ont fouillé les bagages et ont volé le coffret à bijoux.
– Le coffret à bijoux ? balbutia Bourrichon. Il n'y avait pas de coffret à bijoux !
– Ils ont volé le grimoire, papa, dit doucement Mlle Bourrichon.
Le savant poussa un rugissement de rage :
– Non ! Non ! Je ne le permettrai pas ! Pas le grimoire ! Monsieur l'officier, je vous demande instamment de retrouver ce coffret au plus vite. Il y va de mon travail, de ma réputation, de ma vie ! Vous comprenez ? Le sort du monde en dépend, monsieur !
L'agitation de M. Bourrichon était telle que Dupré crut devoir intervenir :
– Ignace, calmez-vous ! Vous dites que le même texte est inscrit dans le naos, je le traduirai, et vous pourrez l'étudier quand même !
– Vous ne comprenez pas, Alain, gémit Bourrichon en empoignant des deux mains sa tignasse blanche dans un geste de désespoir, il ne faut pas que ce manuscrit tombe entre les mains de quelqu'un de malveillant, ce serait trop dangereux. Monsieur l'officier, qui soupçonnez-vous ?
– N'importe qui, monsieur. Mais si vous dites que le

coffret ne contient pas de bijoux, probablement les voleurs s'en débarrasseront-ils au plus vite, et nous le retrouverons. Je vous le garantis !

Mlle Bourrichon s'approcha :

– Monsieur l'officier, où est le reste de nos affaires ?

– Il arrive, il arrive, mademoiselle. Vous allez pouvoir l'examiner et me dire s'il manque quelque chose d'autre. Mais le conducteur de la charrette est catégorique : les voleurs n'ont pris que le coffret.

Les valises et les malles en osier des Bourrichon firent leur apparition en début de soirée, presque en même temps que Rami, qui revenait de sa promenade à cheval. Hammouda expliqua rapidement à son ami ce qui s'était passé, mais Rami était absorbé dans d'autres pensées et la nouvelle du manuscrit volé de M. Bourrichon ne sembla pas le troubler outre mesure. Entre-temps, l'examen des bagages confirma ce qu'on soupçonnait déjà, à savoir que les voleurs ne s'étaient intéressés ni aux robes de la demoiselle ni aux livres de son père, et qu'ils avaient visé uniquement le coffret et son contenu. Ce fait mit Bourrichon dans un état proche du désespoir :

– Ah, Alain, quel désastre ! Mon ami, vous ne savez pas ce que signifie ce grimoire libre dans la nature. Il y a des choses que je ne vous ai pas dites, mon cher, mais croyez-moi, c'est une catastrophe !

Le dîner fut lugubre. Autour de la table, couverte comme d'habitude par omm Hammouda par une profusion exagérée de plats, les convives étaient d'humeur sombre et gardaient le silence. Il n'y avait que

Mlle Bourrichon pour tenter de temps à autre de commencer une conversation. Hammouda aurait bien voulu la suivre, mais il était empêtré dans son amour naissant et ne parvenait à émettre que de vagues grognements. Rami pour sa part gardait la tête obstinément baissée sur son assiette, au point que Dupré finit par s'apercevoir de son mutisme.

– Viens, j'ai à te parler, lui dit-il, après qu'ils se furent levés de table.

– Moi aussi, je désire vous parler, monsieur.

Ils s'enfermèrent dans la bibliothèque et Dupré fit asseoir Rami en face de lui.

– Depuis quelques jours tu n'es pas dans ton assiette. Qu'est-ce qui se passe ?

Rami lui dit sa rage et son chagrin d'avoir appris que Nefissa avait quitté Mit Rehina pour aller en service, et raconta dans les détails sa visite au palais de Khorched pacha.

Alain Dupré fronça les sourcils, ce nom ne lui était pas inconnu.

– Khorched pacha ? Le propriétaire de la Esba de Harraneia, tout près d'ici ? Je le connais, c'est un monsieur très convenable et très bon.

– Je vous crois, monsieur. Ce qui m'inquiète, c'est qu'il m'a semblé voir Monsieur H. dans le jardin de son palais.

– Monsieur H. ?

– Oui, monsieur. Je sais bien qu'à cette heure Monsieur H. devrait se trouver à l'étranger, mais rien ne m'enlèvera de la tête que le moine que j'ai vu dans le jardin lui ressemblait comme deux gouttes d'eau !

– Un moine ? Chez Khorched pacha ? Quel genre de moine ?

Rami décrivit la tenue du religieux, et Dupré murmura :

– Un capucin. Pourquoi ne m'en as-tu pas parlé tout de suite ?

– Je ne voulais pas vous ennuyer avec mes suppositions, monsieur.

– Tes suppositions risquent d'être proches de la vérité. En fait, on vient de découvrir un crime, à Alexandrie, qu'on attribue à Monsieur H. Cela signifierait qu'il est encore en Égypte, ou du moins qu'il y était il y a quatre mois, quand le crime a été commis.

Rami se leva, très agité :

– Il faut que je fasse sortir Nefissa de cette maison !

– Calme-toi, Rami. Nefissa ne court aucun danger. Monsieur H. ne la connaît pas, elle-même ne l'a jamais vu. Mais je suis d'accord avec toi, Nefissa n'est pas à sa place chez les Khorched. J'avais demandé à ton frère de l'envoyer au pensionnat du Sacré-Cœur, je lui ai même versé les frais de scolarité d'une année entière. Qu'est-ce qui lui a pris ?

– Je n'en sais rien, dit Rami avec rage. Mon frère n'est plus le même, il est devenu égoïste et méchant !

– C'est étrange, répliqua Dupré pensivement.

– Il y a autre chose, monsieur. Aujourd'hui, j'ai été courir à cheval dans le désert, et tout à coup je me suis trouvé sur la colline qui domine le chantier.

– Oui ?

– Le soleil était déjà bas et faisait ressortir les ombres.

C'est peut-être à cause de cette luminosité particulière que j'ai remarqué quelque chose d'étrange : il y a dans le sol une sorte de ligne double qui commence au naos et s'enfonce dans la palmeraie en direction de l'est.

– Une ligne ?

– Une trace, une sorte de sillon.

– C'est peut-être une ancienne rigole, Rami.

– Non, monsieur. Ce n'est pas une rigole, puisque des palmiers ont poussé dessus. On dirait plutôt les traces d'un couloir très ancien.

– Et tu dis que ce couloir se dirige vers l'est ? C'est-à-dire dans la direction du palais ?

– Plus ou moins, monsieur.

Alain Dupré se tut. Les paroles de Rami confirmaient les théories de Bourrichon, selon lesquelles ses « ennemis » se servaient d'un passage secret pour pénétrer dans le palais et incendier ses rapports.

– C'est très intéressant, Rami, reprit le directeur d'une voix qu'il se força à garder calme et posée. Va te coucher, maintenant, nous verrons tout cela demain matin.

Peu après minuit, alors que tout le monde dormait tranquillement, un craquement sinistre se fit entendre, qui ébranla le palais des tourelles au sous-sol. Ses occupants affolés se déversèrent dans le couloir central du premier étage, qui en chemise de nuit, qui en pyjama. Il n'y eut que Mlle Bourrichon pour paraître impeccablement habillée d'une robe lilas avec tournure, les cheveux gonflés dans le plus beau chignon que Hammouda eût jamais vu.

– Je m'attendais à quelque chose de semblable, dit-elle avec calme, je voulais être prête.

Son père la regarda légèrement étonné, mais ne fit pas de commentaires, parce que son attention fut attirée par une chaussure de femme qui venait vers lui en flottant doucement dans les airs. Omm Hammouda la reconnut comme lui appartenant et se mit à hurler de frayeur.

– Taisez-vous, madame ! lui dit sévèrement Bourrichon, et la vieille femme obéit, en tripotant frénétiquement ses amulettes.

Après cela, ce fut le tour d'un caleçon, dont la propriété ne fut pas revendiquée, et du fameux encrier en forme de boule qui cette fois réussit à s'écraser contre une paroi en éclaboussant d'encre Hammouda, qui se trouvait tout près. Omm Hammouda s'effondra par terre, et commença à se donner des coups de poing sur la tête.

– Arrière, arrière, arrière ! criait la vieille femme.

– Les forces sont d'humeur taquine, dit Bourrichon en remontant ses lunettes. C'est normal, quand les adolescents qui les provoquent ont un bon caractère.

Hammouda et Rami se regardèrent. De qui parlait-il, le brave Bourrichon ? De sa fille ? Ou d'eux-mêmes ?

Entre-temps étaient apparus dans le couloir de nombreux autres objets volants, parmi lesquels une selle de cheval, une casserole, une carafe pleine d'eau.

– Attention, cria Bourrichon, baissez vos têtes !

A ce moment, Mlle Bourrichon fit un geste surprenant. Elle avança vers Hammouda, lui prit la main et ferma les yeux. Au comble de l'embarras, Hammouda se tortilla énergiquement mais Mlle Bourrichon serrait sa main avec force :

– Répète après moi : Qui êtes-vous ? Que voulez-vous ?

Subjugué, Hammouda grommela :

– Qui êtes-vous ? Que voulez-vous ?

Mlle Bourrichon, les yeux toujours fermés, sembla tendre l'oreille à des voix qu'elle seule entendait, puis elle sourit, lâcha la main de Hammouda et dit à son père, en indiquant le gros garçon d'un geste de la tête :

– C'est lui.

Bourrichon jubila :

– Quelle chance ! Quelle chance extraordinaire !

Il tapa des mains :

– Vite, tout le monde au jardin ! Laissons-les faire ce qu'ils doivent faire.

Tous se précipitèrent au jardin, où ils furent rejoints par Marzouk, tiré de son sommeil par le remue-ménage.

– Ces messieurs-dames ont-ils besoin de quelque chose ? demanda-t-il en se frottant les yeux.

Alain Dupré le renvoya au lit en lui disant de continuer à dormir tranquillement, puis se tourna vers Bourrichon :

– Ignace, allez-vous m'expliquer… ?

– Chut ! dit le savant, attendez !

Au même instant le palais sembla parcouru par une farandole de lumières qui illuminaient une fenêtre après l'autre, puis ils entendirent des bruits qui ressemblaient à ceux que fait un orchestre quand les musiciens accordent leurs instruments avant le concert : sonorités diverses, souffles, grincements, raclements, roulements de tambours.

– *Ya sater, ya rabb*!* gémissait omm Hammouda.

– Il n'y a pas à avoir peur, ma chère dame, la rassura Bourrichon. Au contraire, vous devriez être contente. Votre fils est un médium extraordinaire, un personnage exceptionnel!

– Un quoi? demanda la pauvre femme dont la figure était livide d'épouvante.

– Un médium, madame, une personne qui possède la faculté de se mettre en communication avec les forces invisibles.

On entendit à ce moment les aboiements affolés de Ringo, dont ils avaient oublié l'existence. Ils venaient du fond du jardin, mais avant qu'ils puissent localiser le chien avec précision ils furent retenus par un nouveau phénomène.

Des pigeons et des chouettes prenaient leur envol des tourelles, et du palais sortaient des hordes de souris, de rats et de fouines qui traversèrent rapidement le jardin pour disparaître dans la nuit. Puis ce fut le tour des scarabées, qui sortirent en escadrons de la porte d'entrée comme un luisant tapis couleur réglisse et se dispersèrent dans les plates-bandes.

– Magnifique! exultait Bourrichon. Superbe! Le grand nettoyage!

– Non, monsieur! protesta omm Hammouda furibonde. Si nous ne faisons rien, nous permettrons aux djinns de prendre possession du palais!

– Ma bonne dame, n'avez-vous pas compris? Ce sont des « djinns bénévoles », des amis de votre fils! s'écria Bourrichon.

– Des amis de mon fils ? Les djinns ? balbutia la vieille femme dont la figure s'empourpra d'émotion.

– Oui, ma chère dame. Avec eux comme alliés, nous pouvons défier n'importe quel sortilège. Les plus puissants, les plus cruels, même ceux de la pierre de Hàder ! Nous sommes invincibles !

8
La pierre de feu

Les lumières, les bruits et l'exode d'animaux divers s'estompèrent aux premières lueurs de l'aube, et les occupants du palais purent regagner leurs chambres. Les questions se bousculaient dans la tête d'Alain Dupré et des deux garçons, mais ils étaient trop fatigués pour interroger Bourrichon qui, lui, paraissait nager dans le bonheur. Ainsi remirent-ils les questions à plus tard, et chacun essaya de dormir quelque peu, avant d'affronter les nouveaux problèmes qui, à leur avis, ne manqueraient pas de se présenter dans les heures à venir.

Au moment où les habitants du palais fermaient enfin les yeux, le sinistre moine capucin sortait de son couvent pour acheter le *Progrès égyptien*. Le quotidien portait dans une de ses pages intérieures un titre inquiétant : « Monsieur H. est parmi nous » et racontait dans les détails le déroulement de l'enquête sur le crime d'Alexandrie. Bien que la police n'eût pas encore découvert l'identité de la victime repêchée dans le port, elle avait établi que le meurtre était bien le fait de Monsieur H.

Certains témoins avaient reconnu le criminel d'après des agrandissements de photos et les portraits qu'en avaient tirés les dessinateurs de la police. Sous le nom de monsieur Ferdinand, Henri Armellini avait passé près de deux semaines dans l'enceinte du port, se faisant passer pour un agent touristique. Il était toujours vêtu d'un costume blanc plutôt chiffonné, portait un casque colonial et son visage poupin s'ornait d'énormes favoris broussailleux, couleur barbe de maïs. Il abordait les passagers à leur descente du bateau, leur proposant des excursions et des promenades dans des endroits caractéristiques de la ville d'Alexandrie. Sa connaissance des langues prouvait qu'il s'agissait bien du criminel international, qui était notoirement polyglotte. M. Ferdinand avait disparu à peu près à la date supposée du crime.

Le journaliste se demandait ce que faisait M. Ferdinand, alias Monsieur H., dans le port d'Alexandrie. Pourquoi n'avait-il pas profité d'un navire en partance pour s'enfuir dès les premiers jours ? Quelle nécessité pressante le retenait en Égypte, où il était activement recherché par la police ? Évidemment Monsieur H. attendait quelqu'un, mais qui attendait-il ?

– Ce journaliste pose trop de questions, grogna le capucin dans sa barbe.

« Il attendait sa victime... » poursuivait l'article, qui était signé par un certain José Canéri (qui devait devenir quelques années plus tard le journaliste francophone le plus brillant d'Égypte), « ... c'est-à-dire l'inconnu dont on a repêché le corps dans le port. Il est probable qu'à l'heure actuelle Monsieur H. a endossé son identité, utilise ses papiers et se fait appeler comme lui. Une lecture attentive des listes des passagers qui ont débarqué à Alexandrie entre janvier et mars pourra sûrement nous donner une idée du nom sous lequel se cache aujourd'hui Monsieur H. »

– Crotte ! jura le capucin.

Personne ne manquait à l'appel dans la salle à manger, autour d'un petit déjeuner très tardif. Alain Dupré semblait nerveux et se tourna vers Bourrichon avant même d'avoir déplié sa serviette.

– Mon cher Ignace, il est temps que vous nous donniez des explications !

– Je suis à votre disposition, mon cher Alain. Que voulez-vous savoir ?

– Tout ! Je veux que vous m'expliquiez ce qui s'est passé cette nuit, le rôle que joue Hammouda dans tout ça, je veux savoir pourquoi vous avez parlé de djinns « bénévoles », et enfin je veux savoir ce qu'est le « feu de Hàder » que vous avez mentionné. Nous avons déjà lu cette expression quelque part, dans le naos.

Bourrichon posa la tasse qu'il était en train de porter à ses lèvres et écarquilla les yeux :

– Dans le naos ? Montrez-moi tout de suite cette inscription !

– Pas avant que vous n'ayez répondu à mes questions.

– D'accord. Comme je vous l'ai déjà dit, la cause de tout ce remue-ménage en ces lieux est le jeune Hammouda, qui possède un fluide médiumnique extrêmement développé. Sa présence dans cette vieille demeure a mis en mouvement des forces paranormales, qui provoquent les phénomènes auxquels nous avons tous assisté. Ce garçon ira loin, s'il veut bien que je le forme.

Hammouda écoutait sans broncher, en essayant de donner à son visage une expression intelligente.

– Comme Hammouda est un cœur pur, les forces qu'il provoque sont positives. Si des forces négatives et des forces positives se trouvent en présence, d'habitude ce sont ces dernières qui gagnent la bataille, parce que le Bien est la véritable caractéristique de l'Homme, donc le plus fort.

– J'ai toujours cru le contraire, intervint le directeur avec amertume.

– Vous vous trompiez, mon ami. Le Mal est accompagné souvent par des sentiments qui entravent ses mouvements et limitent sa liberté d'action : la peur, la haine, le désir de vengeance, la passion. Parfois le remords. Parfois, tenez-vous bien, il est bloqué par le ridicule ! Mais ce qui dérange le plus les êtres mauvais, ce qui les met en fureur, c'est surtout le sentiment d'être exclus d'une certaine aristocratie, celle des hommes de bien.

– Aristo... cratie ? bredouilla Hammouda.

– Mais naturellement, mon cher garçon. Dans le temps, on devenait noble en accomplissant des actions de valeur, on se distinguait en faisant preuve de force et de courage. C'est la même chose, aujourd'hui, pour ceux qui pratiquent le bien, qui est une discipline difficile : elle ne requiert pas seulement force et courage, mais aussi le contrôle de ses instincts et beaucoup d'intelligence.

« Ça y est ! se dit Hammouda. Je suis exclu ! »

Comme s'il avait capté ses pensées, Bourrichon se tourna vers lui :

– Ma fille aussi est un excellent médium : si cette nuit elle t'a reconnu comme celui qui déclenchait les Forces positives, tu es certainement un garçon très spécial. Il faut que dorénavant tu sois à la hauteur de ton rôle.

Hammouda dodelina de la tête et Bourrichon se leva de table.

– Maintenant, allons au chantier. Je veux voir cette fameuse inscription.

– Vous n'avez pas répondu aux autres questions, Ignace, gronda le directeur.

– Plus tard, plus tard, mon ami. Nous avons toute la journée devant nous.

Pendant ce temps le père Célestin était arrivé au palais Khorched et tenait un conseil de guerre avec ses deux complices.

– Je crois que le moment est venu de quitter cet endroit et de nous transporter en face, sur l'île.

L'idée n'eut pas l'heur de plaire à Ghelda :

– L'île aux Serpents ! C'est tout ce qui nous manquait ! hurla le grand brun.

Walid murmura, tout tremblant :

– Vous voulez que nous quittions ce paradis, pour aller nous installer parmi les vipères et les cobras ?

– Ni vipères, ni cobras, susurra le moine. C'est une légende que j'ai soigneusement répandue depuis des années pour me garantir une cachette en cas de danger. Personne n'osera nous chercher là-bas.

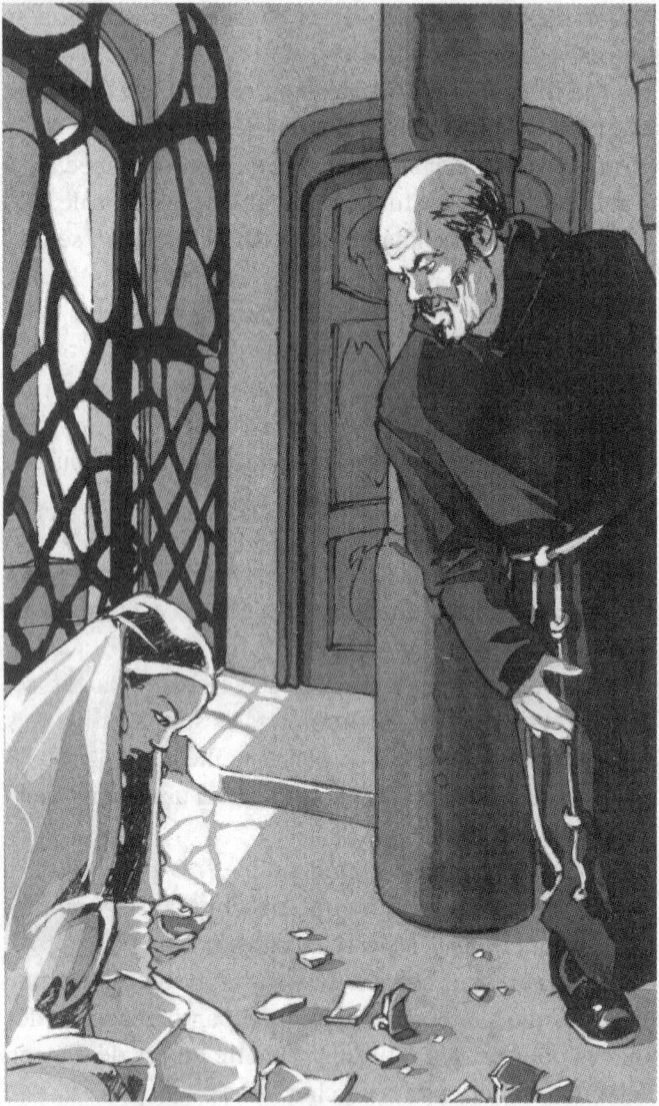

Walid gémit :

– Monsieur, je veux bien vous suivre, mais j'aimerais savoir à quoi cela nous conduira. J'ai tout perdu, mon magasin, ma réputation, mes amis, ma maison. Quelle sera, à la fin, ma récompense ?

Monsieur H. le regarda avec mépris.

– Tu es un imbécile, Walid, et toi, Ghelda, tu n'es pas moins stupide que ton compère. Croyez-vous que je serais resté en Égypte si je n'avais pas en tête un projet faramineux, un plan qui nous assurera à tous puissance et richesse ?

– Un autre trésor ? Nous avons vu ce qui est arrivé avec celui d'Hor Hotep ! dit Ghelda avec acrimonie.

– Mais je l'ai, le trésor, crétin ! révéla Monsieur H. J'ai ce que je voulais ! Et toutes les richesses enfouies de l'Égypte, en comparaison, ne sont que des broutilles !

Walid et Ghelda le regardèrent, abasourdis. Une expression de triomphe était apparue sur le visage du moine :

– Je le cherchais depuis vingt ans, je l'ai trouvé enfin ! Et maintenant le moment est venu de le faire fructifier !

– Vous nous racontez des bobards pour nous faire tenir tranquilles ! clama Ghelda, sur quoi Monsieur H. lui asséna une gifle retentissante.

– N'ose plus jamais t'adresser à moi sur ce ton !

Sa figure avait changé d'un coup, était devenue effrayante. La petite Nefissa, qui suivait la conversation cachée derrière une colonne de la loggia intérieure, fit instinctivement un pas en arrière, heurta un guéridon et un grand vase chinois s'écrasa avec fracas sur le carrelage.

Monsieur H. leva la tête et ses yeux fouillèrent les profondeurs de la loggia qui le dominait avec ses colonnes et ses arcades.

– Silence, on nous épie, dit-il d'une voix basse et furieuse.

Il bondit avec une agilité surprenante et gravit deux à deux les marches de l'escalier. Nefissa, agenouillée devant les débris du vase, pleurait à chaudes larmes.

– La dame va me « touer », gémissait-elle, avec un accent du Sud à couper au couteau. Vase tombé, moi « frabbée » !

Le moine lui saisit la tête et l'obligea à lever le visage vers lui :

– Qui es-tu ? Qu'est-ce que tu fais ici ? Tu m'épiais ?

Ses yeux étaient aussi mauvais que ceux d'un boa constrictor.

– Aiouuuu ! hurla Nefissa. Je suis « bas » tes « bieds » ! Me touche « bas », c'est honteux !

La dame Khorched parut à ce moment :

– Qu'est-ce qui se passe ? Quel est ce vacarme ? Tu as cassé le vase, Nefissa ? Oh, père Célestin, quel bonheur de vous voir… venez, venez saluer mes filles, je veux votre avis sur leur aspect. Personnellement, je crois qu'il y a du progrès… vous savez, nous répétons chaque jour vos formules, et ça marche. Ça marche, réellement !

Le père Célestin avait retrouvé sa figure habituelle, empreinte de sérénité doucereuse. Après un dernier regard à Nefissa qui sanglotait bruyamment en ramassant les morceaux du vase, il emboîta le pas à la dame Khorched et disparut dans le quartier des femmes.

Dupré et Bourrichon se tenaient debout devant la paroi sud du Ns 9-6 et observaient les bas-reliefs. Hammouda et Mlle Bourrichon avaient préféré folâtrer sous les palmiers, tandis que Rami était assis tristement sur un talus et dessinait des cercles sur le sable avec une tige de palme.

– Voilà, expliquait le directeur. A partir d'ici, nous avons toute une série d'invocations à Anubis qui ne sont qu'une suite de menaces et d'anathèmes, et n'ont aucun rapport avec tout ce que nous connaissons sur ce dieu somme toute assez tranquille. « Gare à qui rencontrera le feu de ta pierre », dit cette inscription, et cette autre : « Le feu brûlera les faibles et exaltera les forts. »

Dupré passa ensuite à la paroi ouest, où il indiqua à Bourrichon une nouvelle série de hiéroglyphes.

– Ici, mon ami, nous trouvons encore une fois le mot « feu », à côté du fameux « Hàder » : « Le feu de Hàder est le commencement et la fin de la puissance. » J'en déduis qu'il s'agit d'une pierre de feu, probablement d'origine volcanique, qui a trait à Anubis et à Hàder. Je pourrais émettre la supposition que « Hàder » ne soit qu'une autre façon de nommer Anubis mais, je le répète, ce n'est qu'une supposition. Le tout se réfère à un signe, le globe solaire ailé, qui serait en quelque sorte le symbole d'une croyance hérétique.

Bourrichon opina gravement.

– Tout à fait plausible.

– Ce symbole est formé de deux ailes de faucon, ouvertes de part et d'autre d'une circonférence : le voilà.

Dupré conduisit encore une fois Bourrichon vers la

paroi sud, et lui montra le bas-relief découvert par Rami. Puis il lui indiqua le linteau de la porte, où le « soleil ailé » déployait encore une fois ses ailes. Bourrichon l'examina longuement, le nez en l'air, puis se tourna vers Dupré.

– Existe-t-il au musée du Caire, ou bien dans des collections privées, un objet qui ressemble à ce bas-relief ? demanda-t-il avec une fausse indifférence.

– Oui. En fait, le trésor d'Hor Hotep contenait un pectoral qui reproduit exactement cette image.

Les yeux de Bourrichon brillèrent :

– Et... où peut-on l'admirer, actuellement ? s'enquit-il d'un ton léger.

Dupré rougit :

– Il a été volé, Ignace. C'est la seule pièce du trésor que nous n'ayons pu récupérer.

Aussitôt Bourrichon pâlit visiblement, si bien que le directeur crut qu'il allait s'évanouir.

– Quelle tragédie ! Quelle catastrophe ! Et qui l'a volé ?

– Toujours le même, Ignace. Le fameux Monsieur H. !

Bourrichon tituba à travers le chantier comme un homme ivre, en frappant des mains :

– Quel désastre ! Quelle affreuse ironie ! Le Talisman entre les mains d'un imbécile, qui probablement le découpera en morceaux pour le vendre au poids !

– Ignace, vous me faites tourner la tête ! dit le directeur sévèrement. De quel Talisman parlez-vous ?

Bourrichon sembla récupérer ses esprits.

– Euh... Talisman ?... Plus tard, Alain. Quand vous aurez fini votre travail. C'est une longue histoire.

9
Le guérisseur

Ce n'est que vers midi que le père Célestin parvint à se délivrer des demoiselles Khorched, juste à temps pour que ses instincts meurtriers ne l'obnubilent et lui fassent commettre un horrible crime. Il descendit prestement l'escalier dans le cliquetis de ses chapelets, et se glissa dans le bureau où Khorched pacha l'attendait.

— Bonjour, mon pacha, dit-il, en s'inclinant profondément.

— Bonjour, maître, répondit le pacha.

Il se leva de son fauteuil et vint embrasser la main du moine, qui traça rapidement avec son pouce un signe circulaire sur son crâne dégarni.

— J'ai de bonnes nouvelles, annonça le pacha. Le khédive a signé ma nomination à la présidence de son conseil privé. Je siégerai bientôt au palais royal d'Abdine.

— C'est une excellente nouvelle, dit le faux moine. Juste ce dont j'avais besoin aujourd'hui, ajouta-t-il entre ses dents.

— Naturellement je ne ferai rien sans d'abord vous consulter, ajouta Khorched pacha. Vous êtes mon guide.

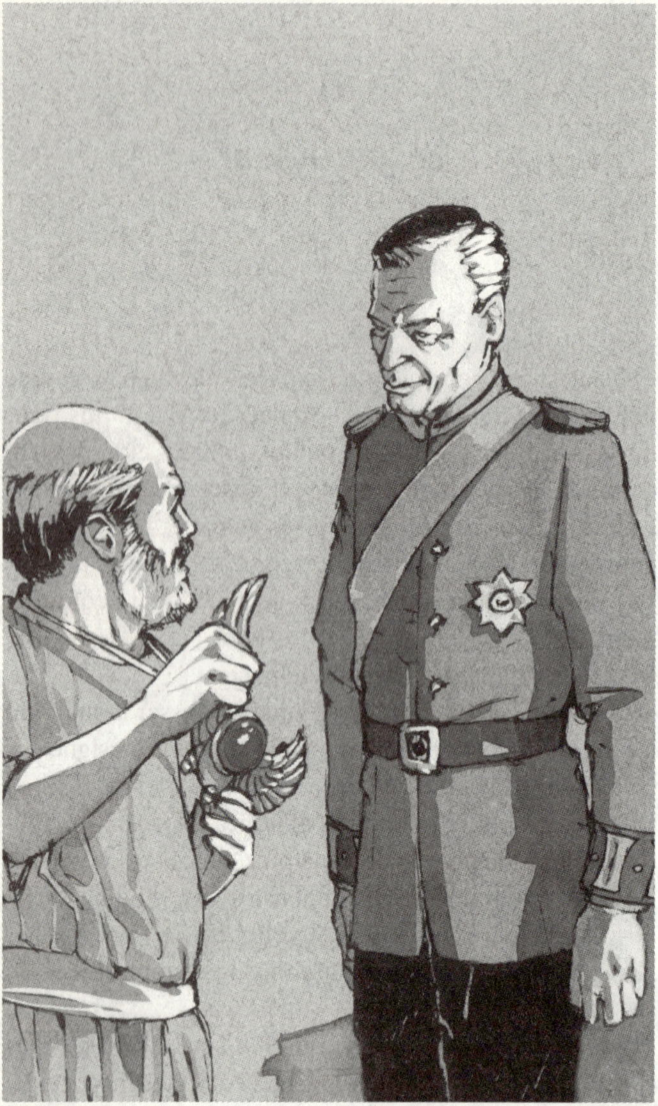

Le père Célestin fit un sourire froid et Khorched enchaîna :

– Je me sens fatigué, ce matin. Vous avez le Rubis avec vous ?

– Naturellement.

Monsieur H. alla se placer à l'autre bout de la pièce, s'assurant en passant que la porte était bien fermée. Puis il se débarrassa de sa cape et dégrafa sa robe. Sur son torse apparut un magnifique pectoral formé de deux ailes d'or recouvertes d'émail bleu, au milieu desquelles était enchâssée une pierre sphérique couleur de sang, grosse comme un balle de ping-pong. Le père Célestin leva le bijou à la hauteur des yeux et regarda le pacha à travers le rubis, en murmurant des mots indistincts. Ce manège prit quelques minutes. Monsieur H. continuait à marmonner des litanies, le rubis flamboyant toujours collé à son œil. En même temps, le visage de Khorched pacha semblait rajeunir, sa peau parcheminée devenait lisse et se couvrait d'un incarnat juvénile.

– C'est simplement merveilleux, déclara enfin le pacha, tout souriant. Vous me redonnez la vie !

– Personne ne mérite plus que vous les bienfaits du Rubis, répondit Monsieur H.

– Mais quand réussirez-vous à stabiliser ces effets ? demanda le vieux. Cela ne dure que quelques heures, hélas !

– Je suis en train d'étudier le grimoire, Excellence. Quelques jours encore, le temps pour vous de vous installer dans votre nouveau cabinet, au palais royal, et ses formules n'auront plus de secrets pour moi. Je saurai alors comment faire fonctionner le Rubis dans toute sa puissance.

– Que Dieu vous entende !

– Votre santé vous sera rendue définitivement, tous vos souhaits seront exaucés. L'Égypte, que dis-je, le monde entier seront à nous ! Au nom de Dieu tout-puissant !

– Oh, oui ! s'exclama Khorched pacha avec enthousiasme. Nous créerons une nouvelle société, fondée sur la justice. Les êtres humains seront enfin heureux !

– Jamais plus de misère, jamais plus de maladies !

– Jamais plus de guerres, jamais plus de crimes !

– La vieillesse n'existera plus !

Le père Célestin abaissa le pectoral et réajusta ses habits.

– Mais pour cela il faut que vous suiviez mes instructions à la lettre ! souffla-t-il.

– Vous ai-je jamais déçu ?

– Non, jamais, mais il faudra continuer ainsi, même quand les choses se feront difficiles. A propos : qui est cette petite Nefissa qui travaille chez vous ? D'où vient-elle ?

– Nefissa ? Ah, la fille de Mustapha Agar. C'est une petite orpheline, une paysanne qui vivait sur mes terres.

– Depuis combien de temps travaille-t-elle au palais ?

– Pourquoi me posez-vous ces questions ? La petite s'est montrée impolie envers vous ?

– Non… non. Simple curiosité.

– Elle travaille ici depuis… voyons… depuis six mois à peu près. Voulez-vous que je la chasse ?

– Ce ne sera pas nécessaire, murmura le père Célestin, en plissant les paupières.

Le directeur fut accaparé durant toute la matinée par une série de contrôles de routine et de classements, ainsi que par l'examen de quelques tessons en terre cuite trouvés sur le sol du naos durant la dernière étape des fouilles. Après quoi il donna des instructions à Atris pour qu'il organise de nouvelles fouilles au-delà du mur oriental du naos, suivant les indications que Rami lui avait fourni sur un probable « couloir » souterrain. Quand il essaya enfin d'interroger de nouveau Ignace Bourrichon, celui-ci se plaignit de la chaleur et remit encore une fois la conversation à plus tard. A ce moment, Marzouk arriva avec sa calèche et tout le monde rentra au palais.

A la fin du déjeuner, Dupré éclata :
– Ignace, cessez de tourner autour du pot !
Rami et Hammouda se tournèrent brusquement vers le directeur : ils ne l'avaient jamais vu aussi furieux.
– Ça fait des jours que vous ne me racontez que des bribes de vérité, que vous esquivez mes questions, j'en ai assez !
– Vous avez raison, mon ami, approuva Bourrichon avec un sourire désarmant, je vous demande pardon.
Il posa sa serviette sur la table et s'éclaircit la voix :
– C'est vrai. Je vous ai caché des choses. Mais la situation est tellement délicate, les enjeux en présence sont si importants que parfois je ne sais pas exactement comment je dois me comporter.
Bourrichon se versa un verre d'eau, but, puis continua :

— Dans notre milieu, on a toujours beaucoup parlé d'un objet mythique, le Feu de Hàder, aussi célèbre pour nous, les spécialistes, que le Saint-Graal ou la Pierre philosophale pour le grand public. Au Moyen Âge, par ignorance ou par superstition, on cessa de l'appeler par son nom et on le désigna simplement comme le « Talisman ». Vous pouvez donc imaginer quelle a été ma surprise – et ma joie – quand j'ai découvert que le grimoire du couvent parlait justement d'un Talisman, en le décrivant dans les moindres détails et en donnant en plus les formules nécessaires pour le rendre actif.

— Actif en quel sens ?

M. Bourrichon s'agita sur sa chaise :

— Euh… cet objet est supposé avoir des vertus extraordinaires. Il annule la volonté des gens, et permet à celui ou à ceux qui le possèdent de contrôler les hommes et les gouvernements. Les nihilistes le cherchaient dans ce but.

— Et ils l'ont trouvé ?

— Bien sûr que non, puisque l'objet était caché depuis des millénaires dans la tombe de… de votre Hor Hotep. Un jour j'ai eu sous les yeux une photo du trésor que vous aviez découvert, et parmi les pièces photographiées il y avait un pectoral qui me rappelait quelque chose : le Talisman, justement ! Mieux que cela : des dames de la haute société se mirent à arborer naïvement sur leur poitrine une reproduction fidèle, bien que réduite, de cet effroyable bijou, ce qui me permit d'en acheter un exemplaire et de l'examiner de près. Vous aviez beau l'avoir désigné comme le « soleil ailé », je le reconnus immédiatement pour ce qu'il était !

Bourrichon prit une autre gorgée d'eau :

– J'ai décidé de venir sans tarder en Égypte, pour vous mettre au courant et pour éviter que l'original ne tombe entre des mains dangereuses. C'est à ce moment que j'ai reçu votre lettre. J'ai bouclé mes préparatifs et me suis précipité ici… pour apprendre que le Talisman avait été volé par monsieur Hache ! Pour notre chance, ce criminel ne connaît pas son immense pouvoir.

– Je n'en serais pas si sûr ! intervint Rami.

Bourrichon se tourna brusquement vers lui :

– Que voulez-vous dire, jeune homme ?

– Excusez-moi si je vous réponds par une question, monsieur. Dans quel couvent avez-vous trouvé le grimoire ?

– Un couvent de capucins, dans la Drôme.

– Mon Dieu ! Et comment s'appelait le moine qui vous a fait appeler ?

– Le père Célestin.

– Monsieur, le père Célestin devait-il venir en Égypte ?

– Franchement, je n'en sais rien. Pourquoi ?

Rami sortit de sa poche l'article de José Canéri et le mit sous les yeux de Bourrichon.

– Lisez, monsieur. Lisez !

Un silence sépulcral régna dans la salle à manger pendant que Bourrichon parcourait rapidement l'article. Enfin il leva les yeux :

– Je ne vois pas le rapport…

– Au contraire, monsieur, tout se tient. Le jour de votre arrivée au Caire, j'ai vu un moine capucin sortir du palais de Khorched pacha. Ce moine, qu'on a appelé devant moi « père Célestin », me rappelait beaucoup

Monsieur. H., mais à ce moment tout le monde pensait que le criminel avait quitté l'Égypte, et je n'ai pas donné trop d'importance à la chose.

– Continue, Rami, dit le directeur.

– J'espère réellement que le véritable père Célestin se trouve toujours dans son couvent de la Drôme, mais si jamais il a mis les pieds en Égypte, j'ai bien peur qu'il n'ait été tué par Monsieur H., qui l'attendait au port d'Alexandrie.

– Mais pourquoi l'aurait-t-il attendu, nom d'une pipe ?

– Pour lui voler le grimoire, monsieur. Monsieur H. ne savait pas que le manuscrit avait changé de mains. Quand il l'a su, il est venu le prendre là où il était : dans vos bagages.

Bourrichon pâlit de peur rétrospective :

– Il aurait pu nous tuer !

– Il n'aurait pas hésité à le faire, mon ami, ajouta le directeur.

Mlle Bourrichon intervint de sa voix tranquille.

– Papa, tu sembles oublier qu'en ce moment Monsieur H. possède certainement aussi bien le Talisman que son mode d'emploi.

– Je n'oublie rien, répliqua Bourrichon d'un ton morose. Mais d'abord, il faut s'assurer que tout cela n'est pas le fruit de notre imagination.

Un échange de télégrammes confirma les pires suppositions. D'après le supérieur du couvent de la Drôme, le père Célestin avait quitté la France au début du mois de février à destination de l'Égypte, pour une mission charitable qu'il avait lui-même sollicitée, et se trouvait actuellement dans le couvent des capucins du Caire.

Le jour même où ils reçurent ce télégramme, le directeur et Bourrichon se rendirent chez le *hakimdar** de la police de Choubra et lui firent part de leurs soupçons. L'officier les regarda avec un mélange d'incrédulité et d'amusement. Qui étaient ces deux étrangers farfelus qui se mêlaient de jouer les détectives et prétendaient savoir où se cachait l'insaisissable Monsieur H.? Par acquit de conscience, il envoya un sergent chez les capucins, avec mission de convoquer le père Célestin. Mais quand le gradé se présenta à la porte du couvent, les moines lui annoncèrent éplorés que le père Célestin avait disparu depuis deux jours, et qu'ils n'avaient aucune nouvelle de lui.

Tout aussi décevante fut la visite que le directeur et Rami firent à Khorched pacha.

Ils furent introduits dans le bureau du vieil homme qui était assis, selon son habitude, près d'une fenêtre qui regardait le Nil. Comme de règle en Orient, le directeur commença par une profusion de compliments et exprima son bonheur de se trouver dans la demeure d'un des hommes les plus influents d'Égypte. Puis il rappela au vieux monsieur qu'ils étaient des voisins de campagne, qu'ils s'étaient déjà rencontrés dans des réceptions, et l'invita à visiter ses nouvelles fouilles, invitation que le pacha déclina poliment, en parlant de son âge et de ses rhumatismes.

A ce moment, le directeur entra dans le vif du sujet et demanda au pacha des nouvelles du père Célestin.

– C'est un ami cher, qui me parle souvent de votre générosité, mon pacha, dit le directeur.

Le pacha prit une expression étonnée :

– Le père qui ? Célestin, vous dites ? Je dois vous avouer, monsieur Dupré, que je ne me souviens pas de ce nom.

Désarçonné, Alain Dupré insista :

– Le moine capucin.

Khorched pacha fit une moue :

– Je ne vois pas du tout de qui vous parlez. Vous savez bien que je suis musulman. Je fréquente surtout des cheikhs et des derviches.

Et il se mit à rire, comme s'il avait dit une bonne blague.

– Je… je regrette, balbutia le directeur. J'ai dû me tromper.

Il observait attentivement le pacha. A moins que le vieil homme n'ait raté une fantastique carrière d'acteur, il était sincère. Il ne connaissait pas le moine qui fréquentait son palais, ou bien l'avait totalement oublié.

– Demandez-lui à voir Nefissa, chuchota Rami à son oreille.

– Mon pacha, reprit Dupré, avant de vous quitter, j'aimerais voir une de mes protégées, une jeune fille qui a collaboré avec moi l'année passée. Elle s'appelle Nefissa, et je crois qu'elle travaille chez vous.

– Nefissa ? Avec plaisir, je vais l'appeler.

Le pacha secoua vigoureusement une clochette posée près de lui et un domestique parut.

– Fais venir la jeune Nefissa.

Le domestique disparut en silence et quelques instants après la jeune fille entra dans la pièce.

– Vous m'avez appelée, mon pacha ?

– Oui, ma petite. Il y a ici un monsieur qui veut te saluer. Il paraît qu'il te connaît.

Nefissa tourna vers Rami et Dupré des yeux vides d'expression et inclina la tête :

– Bonjour.

Dupré toussota.

– Hé-hé. Bonjour, Nefissa. Tu te souviens de moi ?

La figure de Nefissa resta impassible.

– Je regrette, monsieur. Je n'ai pas eu l'honneur de vous connaître.

– Nefissa ! s'écria Rami.

Le désespoir lui étreignait la gorge. Cette jeune fille n'était pas Nefissa, c'était une étrangère, une inconnue.

– Oui, monsieur ? demanda patiemment la petite.

– Nefissa, tu m'as oublié ? Tu as oublié Mit Rehina, ta sœur Chalabeia, notre cachette au désert ?

Nefissa ne répondit pas. A vrai dire, une petite ride s'était formée entre ses deux sourcils ; elle avait l'air furieux.

Khorched pacha intervint avec bonhomie, en secouant la tête :

– On dirait que vous vous trompez encore une fois, messieurs. Je regrette, mais la chaleur du mois de juillet joue parfois de drôles de tours.

La petite servante sortit du bureau du pacha avec le cœur qui battait la chamade. Elle avait réussi à donner le change, à montrer un visage impassible, mais maintenant l'émotion lui coupait les jambes. Entre la joie de revoir Rami et la peur que quelque chose de terrible puisse arriver à ses amis, Nefissa avait eu les plus grandes difficultés à ne pas se mettre à crier « Attention, Monsieur H. est sur le point d'arriver, il vient tous les jours au palais ! ». Quelle aurait été la réaction du pacha, qui apparemment était totalement sous l'emprise du criminel, si celui-ci était arrivé à ce moment et lui avait suggéré de les jeter tous dans un cachot, ou même dans le Nil, une pierre au cou, ni vu ni connu ?

A cette idée Nefissa eut un haut-le-cœur, puis traversa le vestibule et s'approcha tout doucement de la porte du palais. Il fallait qu'elle se cache dans le jardin et qu'elle attende la sortie de ses amis pour les mettre au courant de ses découvertes. Cela lui aurait permis aussi, éventuellement, d'intercepter le père Célestin et de le conduire sous un prétexte quelconque au quartier des femmes, pour éviter que le faux moine ne rencontre Rami et le directeur chez le pacha.

Elle savait que les deux janissaires lui demanderaient où elle allait, mais elle avait préparé sa réponse : elle allait cueillir de la verveine pour faire une tisane à Mlle Gulpinar.

Trop tard ! La porte du bureau s'ouvrit, Rami et le directeur parurent, accompagnés par le pacha, et la petite eut à peine le temps de disparaître derrière un bahut.

– Au revoir, dit le pacha, revenez me voir quand vous voudrez.

La porte d'entrée s'ouvrit et se referma, et le pacha retourna dans son bureau. Nefissa courut à une fenêtre et suivit tristement du regard ses amis qui traversaient le jardin et sortaient sur l'allée de Choubra.

10
Le couloir

Dupré et Rami sortirent du palais Khorched avec le sentiment que le monde s'effondrait autour d'eux. Le faux père Célestin s'était emparé du Talisman et du grimoire, le pacha et Nefissa étaient visiblement envoûtés ! Tout était à refaire, et cette fois leur ennemi possédait des armes pratiquement invincibles. Le pire était de ne pas savoir où, et quand, Monsieur H. frapperait, ni ce qu'il visait exactement.

Les jours qui suivirent furent assez agités. L'enquête conduite par le *hakimdar* Farahat révéla que le père Célestin qui était parti de France ne ressemblait pas du tout au moine qui s'était présenté au couvent de Choubra. Par contre, sa taille et son âge – soixante-dix ans – correspondaient parfaitement aux restes humains trouvés dans le port d'Alexandrie. De là à conclure que Monsieur H. avait tué le véritable père Célestin et s'était emparé de ses papiers d'identité il n'y avait qu'un pas. A ce moment des inspecteurs vinrent au Domaine et interrogèrent longuement Bourrichon et Dupré. Ceux-ci racontèrent le minimum indispensable, c'est-à-dire qu'ils

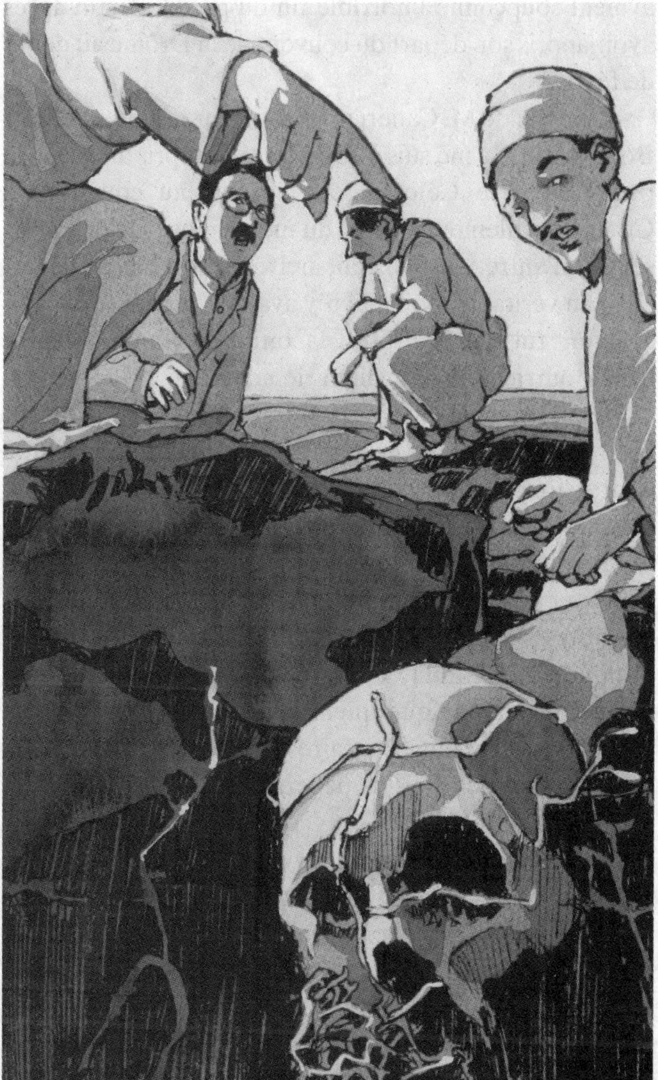

avaient soupçonné l'horrible fin du père Célestin après avoir appris son départ du couvent de la Drôme au début de février.

– L'article de M. Canéri nous a mis sur la voie, expliqua Bourrichon. Je me suis informé, et j'ai appris ainsi que le prétendu père Célestin était arrivé au couvent de Choubra seulement à la fin du même mois. De là à pressentir qu'entre-temps il était arrivé quelque chose de terrible au véritable moine, il n'y avait qu'un pas.

Rami fut encore plus laconique, Hammouda et Mlle Bourrichon ne savaient rien de rien.

Même omm Hammouda fut soumise à un pressant interrogatoire mais, en brave paysanne, elle prit une expression hébétée qui aurait découragé Sherlock Holmes en personne. Naturellement ils se gardèrent tous de mentionner djinns, grimoire, talisman ou Khorched pacha, et peu à peu l'intérêt de la police envers Dupré et ses hôtes s'estompa. Le *hakimdar* Farahat, chargé de l'enquête, continua à chercher mollement le père Célestin pendant quelques jours, mais il fut bientôt submergé par d'autres affaires pressantes et le dossier disparut sous des piles de paperasses.

Dans l'attente confuse d'un malheur qu'ils sentaient planer sur leurs têtes, Dupré et Bourrichon passèrent les journées suivantes à copier, transcrire et traduire fébrilement les inscriptions du naos. Ils essayaient de reconstituer le texte du grimoire volé par Monsieur H., pour pouvoir éventuellement contrer ses effets. Rami les aidait parfois, mais sans aucun entrain, tandis que Hammouda vivait sur un nuage rose et s'en allait en promenade avec Mlle Bourrichon dans la calèche du palais. Pendant ces quelques jours Hammouda montra à sa dulcinée les pyramides de Gizeh, le Sphinx et le jardin zoologique ; il se hasarda même un jour à lui proposer une promenade en barque, mais Mlle Bourrichon affirma qu'elle souffrait de malaises dès qu'elle mettait le pied sur n'importe quelle embarcation.

Il y avait un mystère qui tarabustait Hammouda : le prénom de Mlle Bourrichon. Son père l'appelait toujours ma fille, ma fifille, ma petite, mon enfant, ma chérie ; parfois il s'adressait à elle en l'appelant Lili. Pour Hammouda, le prénom secret de sa bien-aimée devint une véritable obsession.

Finalement, enhardi par la gentillesse inaltérable de la jeune fille, il osa lui demander :

– Mlle Bourrichon, comment vous appelez-vous ?

– J'ai bien peur que mon nom ne soit trop difficile à prononcer pour un étranger, minauda la demoiselle en rougissant, et Hammouda n'eut pas le courage d'insister.

Les ouvriers avaient terminé de dégager en surface la nouvelle zone du « couloir ». Dupré en fit le relevé, le dessina soigneusement et resta un bon moment à l'observer. Le plan qu'il venait de tracer ressemblait à l'idéogramme qui indique le mot « pouvoir » ! Il remit à plus tard l'explication de cette nouvelle étrangeté et décida de commencer les fouilles proprement dites.

Le premier coup de pioche fut donné un lundi matin à six heures. Ce jour-là, Hammouda avait décidé de conduire Mlle Bourrichon au musée du Caire, mais quand la charrette passa près du chantier il éprouva un étrange malaise, comme si des mains invisibles le serraient fortement aux épaules. Il tira les rênes du cheval et se tourna vers la jeune fille :

– Cela vous gênerait-il si nous remettions notre promenade à un autre jour ? dit-il presque malgré lui. Je voudrais aller au chantier.

– Il faut que vous alliez là où on vous appelle, dit Mlle Bourrichon avec un petit sourire en coin.

Hammouda passa la matinée à observer le travail des ouvriers, tour à tour glacé et brûlant de fièvre, au point que Rami s'en aperçut et s'approcha de lui.

– Qu'est-ce qui te prend ? lui demanda-t-il à voix basse. Tu es malade ?

– Je ne sais pas. Peut-être. Mais ne dis rien aux autres.

Les autres étaient trop occupés par ce que l'on sortait du sous-sol pour se soucier de lui. A dix heures du matin, les ouvriers avaient déjà dégagé une étroite ouverture qui semblait s'enfoncer quelques mètres, pour continuer ensuite en droite ligne vers l'est. Le couloir que Rami avait détecté du haut de la colline existait bel et bien.

Le *rayes* Atris trouva le premier crâne humain vers onze heures. A midi, les ouvriers en avaient retrouvé une demi-douzaine, dans un amas d'ossements épars. A ce moment Alain Dupré sortit de l'excavation et s'assit par terre en essuyant sa figure couverte de sueur et de sable.

– C'est absurde ! murmurait-il. C'est incroyable !

Bourrichon s'approcha :

– Qu'est-ce qu'il y a, mon ami ?

– Il y a que je ne m'attendais pas à cet ossuaire ! Les anciens Égyptiens n'ont jamais enterré leurs morts dans des fosses communes. Ils respectaient la mort !

Bourrichon haussa les épaules :

– Souvenez-vous que vous vous trouvez en présence de vestiges qui ont un rapport avec des rites hérétiques, Alain. Vous avez bien lu les inscriptions avec moi, n'est-ce pas ?

A ce moment une clameur s'éleva dans le nouveau chantier et un jeune ouvrier courut vers eux. D'une main il agitait en l'air une lourde chaîne en or, de l'autre une sorte de bâton doré, orné de pierres étincelantes.

– Trésor, trésor ! criaient les hommes, pris de frénésie.

Le *rayes* Atris courut à son tour vers le directeur, qui s'était mis debout mais semblait sur le point de s'effondrer d'émotion.

– Monsieur ! c'est plein d'or, là-dedans ! Plein, plein d'or !

Le *rayes* se tourna vers les ouvriers et cria de toutes ses forces :

– Arrêtez le travail. Sortez tous !

Les ouvriers obéirent et Dupré descendit dans l'excavation, suivi de Bourrichon. Devant eux s'ouvrait un étroit couloir, fermé au bout par un éboulement de pierres, de sable, d'ossements humains et de bijoux. L'archéologue promena sa lampe à acétylène sur les parois et le sol. De toutes parts, sous la poussière et les gravats, il voyait briller le métal précieux.

– C'est incroyable ! murmura-t-il.

Jamais, même le jour où il avait mis le pied pour la première fois dans le tombeau d'Hor Hotep, il n'avait éprouvé un pareil étonnement mêlé d'angoisse. Il y avait quelque chose de barbare, d'horrible, dans cet étalage de richesses mêlées à des squelettes jetés confusément les uns sur les autres. Si ce couloir était une annexe du naos, les rites qui accompagnaient le culte de Hàder avaient été des cérémonies sanglantes et féroces, qui n'avaient pas leurs pareilles dans toute l'histoire de l'Ancienne Égypte. Il fallait en effet remonter à la préhistoire pour que certains auteurs parlent de sacrifices humains, dont ils n'avaient jamais pu, d'ailleurs, fournir la preuve.

Le travail fut interrompu et Dupré expédia illico Marzouk à Badrachein pour appeler la police. A partir de ce moment, le site devenait le lieu d'une découverte majeure et devait être surveillé nuit et jour. Ce fut le début d'un véritable branle-bas de combat. Tous se mirent à construire une sorte de haie de protection qui devait entourer le site jusqu'au moment où seraient arrivés du Caire les grilles et les fils de fer barbelés nécessaires à le protéger des intrus. Même Mlle Bourrichon participa aux travaux, en ramassant par-ci par-là des palmes de dattier et les passant à Hammouda, qui semblait s'être remis de son malaise du matin. Quand le *maamour* de Mit Rehina arriva avec une troupe de policiers armés jusqu'aux dents, l'entrée du souterrain était cachée par un rideau de palmes tressées ; tout autour, on avait planté dans le sol des piquets et tendu des cordes.

– Monsieur, je vous en supplie, souvenez-vous d'Hor

Hotep, marmonna le policier à l'oreille du directeur. Il ne faudrait pas qu'on vole aussi ce trésor-là !

Dupré sourit.

– C'est bien la raison pour laquelle je vous ai appelé, M. le *maamour*.

La nouvelle s'était répandue entre-temps à travers les villages, et, comme il arrive souvent dans des cas pareils, elle s'était modifiée et amplifiée de bouche à oreille. De Sakkara à Gizeh on ne parlait plus que de la découverte d'un palais souterrain en or massif, habité par les djinns. Les plus courageux, pour la plupart de riches paysans des environs, commencèrent à affluer vers le site sur leurs chevaux et leurs charrettes bigarrées, vêtus de leurs plus belles capes en laine de chameau. Ils demandaient des nouvelles du « palais des djinns », mais les policiers les repoussaient sans aucun égard pour leur rang ou leur richesse.

Dupré se souvint des deux paysans qui lui avaient signalé le site quelques mois auparavant, et demanda au *maamour* de les faire venir : il voulait les remercier, et leur demander d'où ils tenaient leurs informations. Les archéologues recevaient souvent des indications des habitants, mais pour la plupart il s'agissait de légendes sans fondement, tandis que dans ce cas les informations s'étaient révélées en dessous de la réalité.

L'officier regarda Dupré en relevant les sourcils :

– Fathi Elkarim ? Hassanein Bardissi ? Vous êtes sûr des noms, monsieur ?

Le directeur haussa les épaules :

– Je me trompe, peut-être. De toute manière, j'ai noté ces noms dans mon agenda à la maison. Je contrôlerai et je vous ferai savoir.

– Comment étaient-ils ?

– L'un était très gros, l'autre très grand et maigre.

– Je ne vois pas du tout qui ils peuvent bien être, dit le *maamour*. Ces noms-là, monsieur, c'est pas de chez nous. Jamais entendus !

Le soir venu, les jeunes étaient morts de fatigue et se couchèrent tôt, après une douche bienfaisante. Bourrichon insista pour déboucher une bouteille de champagne et fêter avec Dupré la découverte du « couloir ». Il versa même un peu de vin dans la coupe de Ringo, mais le chien, après l'avoir reniflé, éternua et alla se lover dans un coin de la bibliothèque, l'air outré. Le directeur trempa à peine les lèvres dans sa coupe, il n'avait aucune envie de festoyer.

– Allons donc, Ignace, vous savez quelle corvée m'attend demain ! Maspero va se précipiter ici, je devrai raconter, expliquer, inventer quelque chose. «

– Surtout ça, mon ami ! « Inventer » quelque chose, voilà ce que vous devez faire. Ce serait tout à fait imprudent de divulguer la vérité sur le naos.

– Mais que voulez-vous que je lui raconte, Ignace ?

– Tout, sauf la véritable nature du culte de Hàder.

– Vous oubliez que Maspero lit les hiéroglyphes mieux que moi !

– Maspero ne doit pas les voir !

– Vous me demandez l'impossible !

– Non ! hurla le savant, je vous demande simplement de faire le nécessaire pour que Maspero ne puisse pas lire ces maudites inscriptions !

Bourrichon se calma un peu, puis reprit :

– Attention, il y a autre chose : pour ce qui me concerne, je ne suis plus Ignace Bourrichon, je suis votre cousin Ignace Dupré, qui est venu avec sa fille vous rendre visite. C'est compris ?

– Non !

– C'est pourtant bien simple : votre découverte va soulever un vrai tollé. Les journalistes vont arriver, nous photographier, nous interroger. La présence chez vous du célèbre Ignace Bourrichon, expert en phénomènes paranormaux, susciterait auprès de ces plumitifs un tourbillon de curiosités indiscrètes, de suppositions, de questions inopportunes. Ils écriraient des articles pleins de sottises, évidemment, mais mon nom mettrait sûrement la puce à l'oreille de l'affreux Monsieur Hache, chose que je veux éviter à tout prix. Pour ne pas parler de vos distingués collègues de l'Institut, qui se demanderaient si nous passons notre temps à faire tourner les tables afin que les esprits nous aident à découvrir les trésors de l'Égypte ancienne. Vous comprenez, maintenant, pourquoi je ne m'appelle plus Bourrichon ?

– Oui ! souffla le directeur, épuisé.

II
M. Dupré devient célèbre

Comme l'avait prévu Bourrichon, la nouvelle découverte de M. Alain Dupré, surintendant général des fouilles khédiviales, eut un énorme retentissement dans la presse. Depuis vingt-deux ans, c'est-à-dire depuis que M. Brugsch avait trouvé dans une grotte de Deir el Bahari, à Louxor, la plus importante collection de momies de rois et de reines qu'on ait jamais vue, les journaux n'avaient publié que des nouvelles archéologiques sans grand intérêt. Les fouilles semblaient ne plus réserver de surprises. Même la découverte de la tombe d'Hor Hotep était passée presque inaperçue, étant donné des circonstances particulières qui avaient exigé le silence de la presse. Le nouvel exploit de l'archéologue fut donc traité par les journalistes avec une ampleur jamais vue. Ce qui distinguait la trouvaille de Badrachein, c'est que ce qu'on appelait déjà le « couloir » cachait un immense trésor qui n'attendait que de revoir le jour. On ne trouvait que très rarement de l'or dans les tombes égyptiennes et le fait que le « couloir » de Badrachein eût échappé aux pilleurs professionnels excitait les imaginations.

Comme il arrive souvent, il se trouva un journaliste malin pour faire le rapprochement entre le nom de l'endroit, « Domaine des Djinns », et la protection inhabituelle dont avait joui le site à travers les millénaires.

« C'est probablement une peur ancestrale du surnaturel, transmise de père en fils, ou bien quelque phénomène plus grave et inconnu, qui a éloigné de l'endroit les voleurs », écrivait-il dans *La Bourse égyptienne*, un quotidien du soir.

Le khédive Abbas arriva sur les lieux le surlendemain, accompagné par Gaston Maspero. Une grande tente bariolée avait été dressée selon l'usage, et la région au grand complet accueillit le souverain avec fanfares populaires, tirs de fusil en l'air et youyous de joie. Des bédouins montés sur des chevaux arabes exécutèrent une fantasia échevelée, puis Dupré conduisit le khédive et Maspero sur le site. Naturellement, les parois du Ns 9-6 avaient été soigneusement recouvertes de bâches, et Dupré leur fit traverser l'endroit au pas de charge en disant qu'il n'avait rien d'intéressant. Maspero s'arrêta quand même et essaya d'écarter un pan des étoffes, mais celles-ci avaient été fixées au sol avec une telle efficacité que ses efforts restèrent vains.

– Voulez-vous m'expliquer, Dupré, pourquoi vous avez recouvert ces parois ? demanda le vieil archéologue. Si elles ne présentent rien d'important, je ne vois pas la raison pour laquelle vous les cachez.

Dupré avait préparé sa réponse :

– Les paysannes du lieu pensent que les pierres de ce naos sont bénies, murmura-t-il à l'oreille de Maspero.

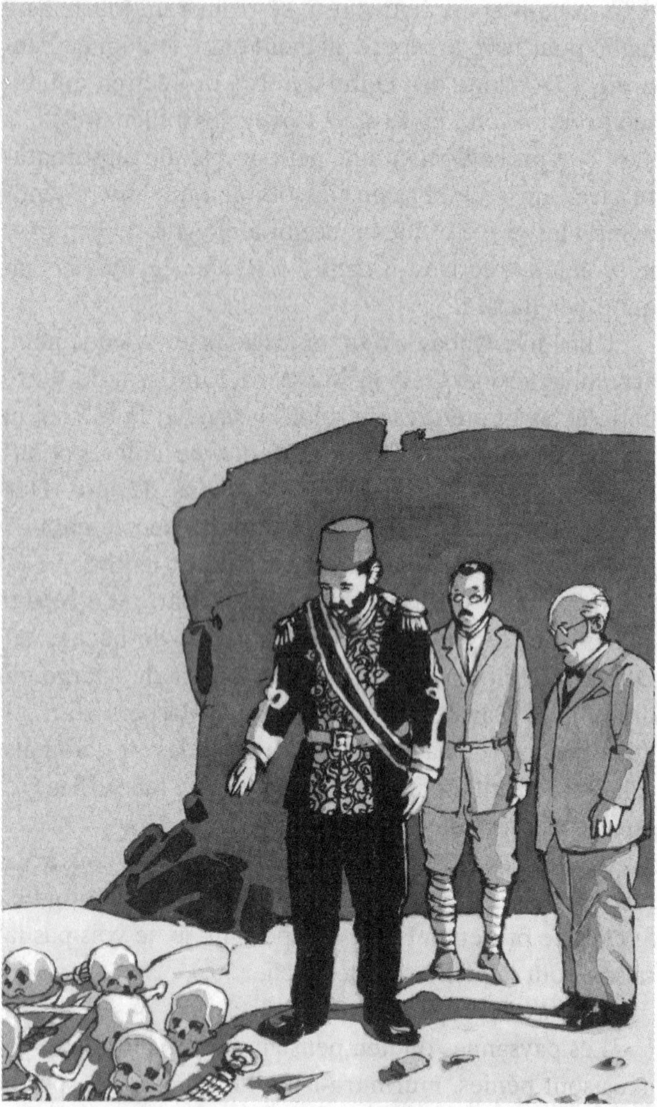

Nous en avons surpris deux en train d'en gratter des petites pièces pour en faire des amulettes. Si on les laissait faire, les murs disparaîtraient en quelques semaines.

– Hum ! grogna Maspero.

Ils traversèrent enfin le naos et se trouvèrent devant l'entrée du couloir, qui avait été dégagée pour l'occasion.

– L'endroit est étroit et inconfortable, Altesse, dit Dupré. Mais ce que vous verrez à l'intérieur dépasse l'imagination.

En prévision de la visite du khédive, les ouvriers avaient déblayé les huit premiers mètres du souterrain du sable et des gravats qui s'y étaient accumulés pendant les millénaires. Puis ils avaient replacé et les ossements humains et les bijoux dans l'endroit exact où ils les avaient trouvés. D'après la position des restes on comprenait parfaitement que ces personnes étaient tombées pendant qu'elles couraient vers la sortie. Des flèches et de courtes dagues étaient mêlées aux os, et de magnifiques bijoux ornaient le cou et les poignets des squelettes.

– Impressionnant ! murmurait le khédive.

Gaston Maspero regarda attentivement les ossements, les bijoux et les armes, et sa figure se congestionna comme s'il était sur le point d'avoir une attaque :

– Encore une de vos extravagances ! siffla-t-il à l'oreille de Dupré. Quand allez-vous devenir un archéologue discipliné, qui collabore avec ses collègues ?

Dupré ne broncha pas, mais il s'interrogeait frénétiquement : que savait Maspero ? Qu'avait-il déduit de ces squelettes, de ces bijoux ? Possédait-il des connaissances qui lui permettaient de résoudre l'énigme de Badrachein en jetant un simple coup d'œil sur le site?

A ce moment, Son Altesse le khédive dit qu'il respirait mal et se dirigea vers la sortie. Ils furent accueillis par une énième salve de youyous, de cris et de coups de fusil. Dupré aperçut Rami dans la foule et lui fit signe d'approcher.

– Votre Altesse, vous souvenez-vous de Rami, votre pupille? C'est lui qui a découvert sur le sol les traces du passage.

Le jeune garçon s'avança et le khédive sourit:

– Oh, oh, comme nous avons grandi! Et toujours brave et intelligent! Je te félicite!

Le khédive promena ses yeux sur la foule:

– Et ton ami Hammouda? Où est-il? J'ai su que cette année il a eu un prix en histoire, je le félicite aussi.

Pris de panique, Rami balbutia:

– Ham... mouda... est avec sa mère!

– Bravo, bravo! C'est un fils attentionné.

Perdu au milieu des spectateurs, Hammouda se cachait derrière l'immense chapeau fleuri de Mlle Bourrichon, qui ne comprenait pas la raison de tant de modestie. Elle essaya de le pousser vers le khédive:

– Mais pourquoi vous cachez-vous? Allez donc le saluer!

A ce moment Hammouda fut bien obligé de lui raconter l'histoire de Bibi qui l'avait remplacé à l'Institut khédivial à l'insu du khédive, et la jeune fille fut prise de fou rire.

– Quelle histoire!

Puis elle se fit sérieuse :
— Selon moi, vous avez tort d'avoir quitté l'Institut, dit-elle. On m'a dit que c'est une excellente école.

Ce soir-là le khédive daigna honorer de sa présence la table d'Alain Dupré et de son « cousin » Ignace. Le dîner fut servi dans le grand salon du palais, que Marzouk et omm Hammouda avaient astiqué toute la journée en prévision de cet événement extraordinaire. La vieille femme faillit s'évanouir de joie quand elle vit le prince régnant d'Égypte descendre de son carrosse armorié et traverser le jardin en compagnie d'un étranger barbu, M. Maspero, probablement. Le khédive chez elle, dans la maison de son fils ! Jamais elle n'aurait imaginé que l'amulette du derviche l'aurait aidée à ce point ! Elle envoya au saint homme une pensée reconnaissante, en caressant les perles bleues sous l'étoffe de sa robe.

— Pourvu que les djinns se tiennent tranquilles, ce soir ! pria-t-elle avec ferveur.

— Je viens d'apprendre, dit le prince Abbas en dépliant sa serviette, qu'on appelle cet endroit « le Domaine des Djinns ». Pourquoi ce nom bizarre ?

Dupré et Bourrichon échangèrent un regard, tandis que Maspero les regardait attentivement, dans l'attente d'une réponse.

— Superstitions paysannes, dit le directeur. Rien d'autre, votre Altesse.

Au-dessus de leurs têtes, le grand lustre à pendeloques frémit imperceptiblement, mais personne ne s'en aperçut.

– Je suis très mécontent du choix de mes intendants, continua Abbas II, ils auraient dû s'informer. Si cette propriété vous cause des ennuis, Dupré, je suis prêt à vous en donner une autre à la place !

– Oh, non ! s'exclama bien malgré lui Bourrichon. Cet endroit est parfait !

Dupré se hâta de confirmer :

– Altesse, je suis tout à fait heureux de mon installation, et je vous remercie encore une fois pour votre générosité.

Le lustre s'immobilisa et les convives continuèrent leur dîner en parlant d'archéologie. En passant, le khédive les invita tous à un bal qui devait avoir lieu quelques jours plus tard au palais d'Abdine.

– Amenez aussi les jeunes, dit le prince. Les bals sont faits pour la jeunesse !

La jeunesse se trouvait à l'étage supérieur, où Mlle Bourrichon avait décidé d'apprendre à Hammouda comment on fait « parler » un guéridon. Elle s'assit avec Rami, Hammouda, omm Hammouda et Marzouk autour de la petite table à trois pieds et demanda de la concentration. Au début, les résultats furent décevants : omm Hammouda ne comprenait pas le sens du mot « concentration », Marzouk ne voyait pas pourquoi il devait rester réveillé, les mains posées sur une table, et Rami était comme d'habitude d'humeur morose.

– Nous essayons d'entrer en contact avec les Forces, expliqua dans un murmure Mlle Bourrichon. Elles sont ici, autour de nous, et veulent nous parler.

Finalement les auriculaires de tous les participants se touchèrent et la table se mit à vibrer imperceptiblement. Malgré lui, Rami commença à s'intéresser à la chose.

– Forces du Domaine, êtes-vous favorables ? demanda Mlle Bourrichon.

La table se souleva et retomba (ce qui fit trembler le lustre de l'étage inférieur). Omm Hammouda se dressa en hurlant, mais Mlle Bourrichon lui posa une main sur le bras et la fit se rasseoir :

– Les Forces nous disent qu'elles sont nos amies. Ne craignez rien !

Une faible lumière s'alluma dans un coin de la pièce et grandit lentement. Sur la paroi en face trembla une image légèrement brouillée, comme une projection de lanterne magique, dans laquelle Rami reconnut le palais de Khorched pacha.

– Ce sont vos pensées qui se matérialisent, chuchota Mlle Bourrichon.

Sur le balcon du palais parut une mince silhouette, une jeune fille vêtue de rose qui secouait un tapis de prière.

– Nefissa ! balbutia Rami.

L'image changea brusquement et on vit trois chèvres qui sautaient d'un talus et couraient dans un champ.

– Tes chèvres, mère ! dit Hammouda, tout ému.

Les chèvres s'arrêtèrent et commencèrent à bêler.

– Elles ont faim, les pauvres petites, dit omm Hammouda. Mon idiote de voisine ne s'en occupe même pas !

Les chèvres disparurent et la lumière s'éteignit.
– Pas mal, pour une première séance, conclut Mlle Bourrichon. Rami, qui est Nefissa ?
– C'est… c'est ma fiancée, répondit Rami en rougissant violemment. J'espère pouvoir vous la présenter un jour.

Avant de quitter le palais, Gaston Maspero prit le directeur à part et lui chuchota d'un ton furibond :
– Je vois parfaitement où vous voulez en venir : vous voulez me faire perdre la raison, exactement comme la fois précédente ! Mais je ne me laisserai pas faire, Alain ! Si vous tenez absolument à vous mettre dans le pétrin, débrouillez-vous tout seul !
– Gaston, je vous assure que…
– Je ne suis pas un imbécile, mon cher collègue : j'ai parfaitement reconnu la tête de votre soi-disant cousin. Je sais de quoi s'occupe ce monsieur et j'ai entendu parler du Talisman. Cessez donc de me prendre pour un imbécile !
Dupré ouvrit la bouche pour répondre mais Gaston Maspero ne voulut rien entendre. Il sortit à grands pas du palais et rejoignit Abbas II. La voiture princière se mit en marche et s'éloigna en direction du Caire.
Dupré la suivit des yeux, puis se tourna vers Bourrichon :
– Maspero vous a reconnu, dit-il. De plus, il a entendu parler du Talisman et il sait aussi que le naos et le passage ont un rapport quelconque avec cet objet.
Le savant ne parut pas surpris :

– Gaston Maspero n'est pas le premier venu. Je m'attendais à ce qu'il soupçonne quelque chose. L'important, c'est qu'il ne parle pas aux journalistes.

– Il ne parlera pas. En revanche, moi je veux lui parler, cette fois ! J'ai l'impression qu'il me cache des tas de choses !

12
Le colonel O'Hara

Les paysans de la rive gauche du Nil furent paralysés de frayeur le soir où ils s'aperçurent que sur l'île déserte qui s'étendait face à leur village apparaissaient des lumières clignotantes qui se déplaçaient lentement pour disparaître soudain.

L'île était connue dans toute la région comme un endroit infesté de toutes les plaies qui peuvent frapper les humains. Outre les serpents, les scorpions, les guêpes, les tarentules et autres animaux nuisibles, on lui attribuait toute une population de goules et de démons qui auraient torturé et tué n'importe quel humain osant s'aventurer sur leur territoire. De sinistres histoires de pêcheurs disparus à jamais se racontaient dans les chaumières, et les mères qui voulaient que leurs enfants se tiennent tranquilles les menaçaient de les abandonner sur les rives de ce terrible endroit.

L'île déserte était devenue avec les siècles une enclave écologique avant la lettre. Des joncs immenses, des bambous, des papyrus gigantesques recouvraient ses bords, cachant l'intérieur des terres. Toute une population animale y prospérait tranquillement et au-dessus de sa végétation sauvage on voyait souvent s'élever dans le ciel des volées d'ibis et d'aigrettes rosées.

Au début d'août, ces vols collectifs se firent plus fréquents, comme si les oiseaux étaient dérangés dans leurs habitudes. Un soir, on vit apparaître les mystérieuses lumières, dont on parla à voix basse de porte à porte, mais que personne ne songea à signaler à la police. En fait, la police n'avait pas bronché, étant donné que pas un seul de ses hommes n'aurait voulu poser le pied sur l'île aux Serpents.

C'est bien sur la terreur qu'inspirait l'endroit qu'avait compté Monsieur H. pour s'y établir et y préparer tranquillement son coup final. Le père Célestin avait littéralement jeté sa robe aux orties qui prospéraient sur l'île : il s'était rasé la barbe, avait laissé pousser une petite moustache blonde, très britannique, et cachait son crâne dégarni sous un toupet filasse qui lui conférait l'aspect d'un officier de l'armée de Sa Gracieuse Majesté. Il campait, avec ses deux complices Ghelda et Walid, dans les ruines d'une construction très ancienne, sorte de forteresse barbare dont il ne restait que des tronçons de murs envahis par les ronces et un sous-sol à moitié rempli par le limon du fleuve.

Ghelda et Walid accueillirent très mal le changement de résidence. Passer du luxe extravagant du palais de Khorched pacha à cette abominable tanière aurait été un choc pour n'importe qui. A cela s'ajoutait la rage d'être tenus à l'écart des plans de leur chef, et de devoir lui obéir aussi aveuglément que des toutous bien dressés. Impeccablement habillé d'un uniforme kaki de colonel, pince-nez et chasse-mouches à la main, Monsieur H. les quittait chaque matin à l'aube sans daigner une explication, et grimpait dans une petite barque qu'il tenait cachée au milieu des joncs. Après avoir traversé en diagonale le bras du fleuve qui le séparait de Choubra, Armellini débarquait sur la rive droite du fleuve, du côté des riches, et disparaissait jusqu'au coucher du soleil. A lui la belle vie !

Pour Ghelda et Walid les journées étaient interminables. Au début ils essayèrent de chasser, mais la chair d'aigrette avait un goût détestable et ils renoncèrent bien vite à cette activité. Ils attrapèrent aussi quelques poissons, mais ceux-ci sentaient la vase et étaient donc immangeables. Ainsi passaient-ils leurs journées à dormir et leurs nuits à jouer aux cartes, chacun ruminant dans son esprit le meilleur moyen de supprimer leur maître une bonne fois pour toutes.

Nefissa, toujours attentive à ce qui se passait dans le palais, avait remarqué la disparition soudaine de Ghelda et de Walid. Le père Célestin aussi avait cessé soudainement ses visites et avait été remplacé par un officier britannique, un drôle de petit bonhomme en uniforme kaki, avec des moustaches blondes et des cheveux couleur filasse. Ce nouveau visiteur arrivait en barque, accostait à l'embarcadère, et, tout comme le père Célestin, s'enfermait pendant de longues heures dans le bureau du pacha. Tout d'abord, la fillette se reprocha vertement de ne pas avoir profité de la visite de Rami et du directeur pour les avertir d'une manière ou d'une autre de la présence de Monsieur H. dans les parages, avant qu'il disparaisse. Elle se traita de lâche et d'incapable. Puis elle s'aperçut que le moine et l'officier britannique n'étaient qu'une seule et même personne, et paradoxalement se sentit soulagée. Une nouvelle chance lui était donnée, et cette fois, elle allait jouer serré. Son instinct lui disait que les événements étaient en train de se précipiter et qu'elle ne pouvait plus se permettre d'attendre. Elle découvrirait ce que tramaient dans l'ombre le faux officier et le pacha, ensuite elle s'échapperait du palais et rejoindrait ses amis.

Ainsi, un beau matin, Nefissa se munit d'un seau et d'une serpillière – un prétexte pour le cas où elle aurait été découverte – et se faufila dans le bureau du pacha, vaste pièce bourrée d'armoires, de bahuts, d'étagères, de guéridons, de tables et de coffres. Elle se cacha derrière un paravent et attendit.

Son attente ne dura pas longtemps, bientôt Khorched pacha entra, suivi de l'officier, et les deux hommes s'assirent près d'une fenêtre.

– Mon cher colonel, dit le pacha, j'espère que vous m'apportez de bonnes nouvelles.

– Hélas, pas encore, mon pacha, répondit le « colonel ». La lecture du manuscrit est difficile, et mon cousin Célestin a dû quitter l'Égypte avant d'avoir réussi à le déchiffrer complètement. Mais je compte terminer bientôt le travail qu'il avait si brillamment commencé.

– Oh, oui, je l'espère vivement, répondit le pacha avec

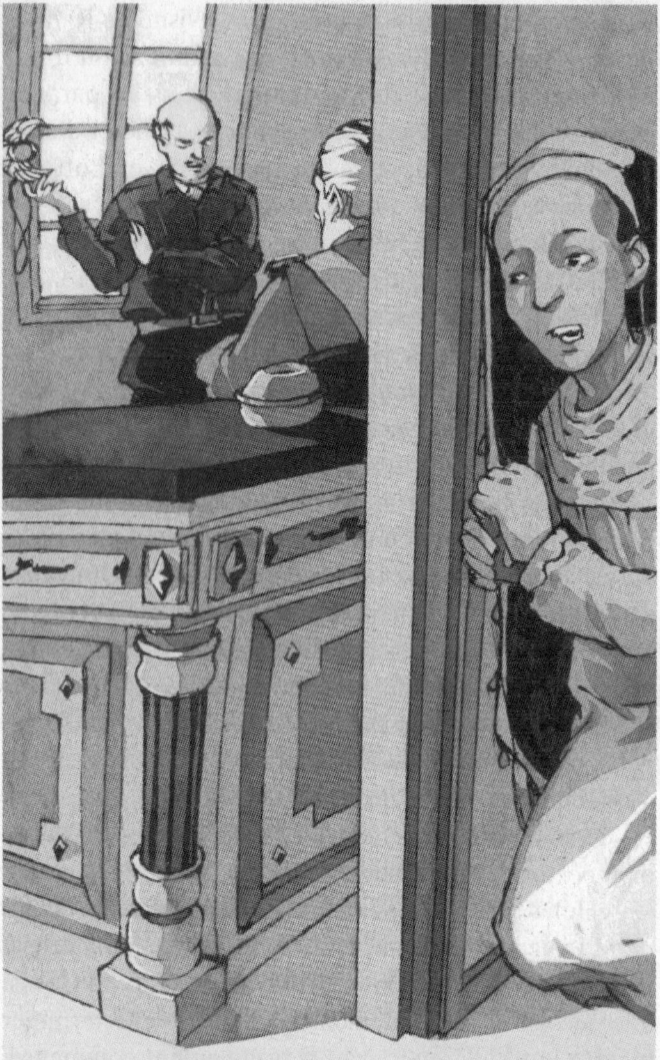

impatience. Vous savez manier le Rubis aussi bien que le père Célestin, mais il s'agit maintenant d'obtenir des résultats durables, mon ami.

– Je vous assure, mon pacha, que j'y parviendrai bientôt.

Le colonel déboutonna sa vareuse et sortit de sous sa chemise une sorte de collier. Nefissa vit briller entre ses mains de l'or et de l'émail bleu, et aperçut les lueurs rouges d'une pierre ronde et transparente. Depuis quand, se demanda scandalisée la fillette, un homme, fût-il Monsieur H., portait-il des bijoux de femme à son cou ?

– Voyez-vous, mon pacha, pour mettre en marche le Rubis, il suffit de déplacer vers le bas la dernière plume de l'aile droite, expliqua le colonel.

Il écarta la plume inférieure de l'aile droite, et la pierre rouge se mit à clignoter doucement.

– Chaque plume a sa fonction, et agit selon la direction vers laquelle on la déplace, continua l'officier. La plume supérieure de l'aile gauche est celle que nous utilisons pour améliorer la santé de Votre Excellence. Tandis que les plumes médianes de chaque côté contrôlent les forces matérielles.

– Tout cela est bien beau, dit le pacha avec une certaine mauvaise humeur, n'empêche que jusqu'à maintenant vous n'avez pas réussi à me débarrasser définitivement ni de ma goutte, ni de mon psoriasis, ni de mon urticaire. Ça passe pour un temps, et ça revient au galop.

– Vous avez raison, mon pacha, dit l'officier sèchement. Mais je vous assure que ce n'est qu'une question de jours. Il s'agit de savoir quelle plume, déplacée en quelle direction, stabilise définitivement les effets psychologiques et curatifs du Rubis. Si nécessaire, je... consulterai Ignace Bourrichon, qui se trouve actuellement en Égypte.

– Et qui est ce monsieur ?

– Un savant qui a longuement étudié le manuscrit.

– Colonel, le temps presse et vous me donnez l'impression de tourner en rond !

La figure de Monsieur H. se crispa, mais il reprit bien vite le contrôle de ses nerfs :

– Dès que nous aurons exécuté notre plan, mon pacha, et que nous aurons éliminé définitivement Abbas, je pourrai me consacrer à mes recherches et...

Le pacha l'interrompit :

– Ce que vous dites est absurde ! Comment nous débarrasser « définitivement » d'Abbas, si vous ne savez pas encore obtenir des résultats « définitifs » avec votre Rubis ?

Dans sa cachette, Nefissa dressa les oreilles. De quel Abbas parlaient-ils ? De leur maître à tous, le khédive ?

– Et puis, vous savez, mon cher colonel O'Hara, continuait le pacha, je me demande parfois si Abbas est réellement l'homme à abattre. Peut-être vaudrait-il mieux le mettre de notre côté et tourner le Rubis directement contre les Anglais.

Monsieur H. ricana :

– Abbas est un traître, mon pacha. Il confisquerait le Rubis et vous ferait jeter dans une oubliette de la citadelle ! Non, le seul moyen de sauver l'Égypte, c'est de détrôner ce despote corrompu, et je compte bien vous prouver le bien-fondé de mon affirmation !

– Comment ?

– Obtenez pour moi une audience du khédive, et vous verrez, je ferai s'évanouir vos doutes!

Nefissa se mit à trembler d'impatience. Cette fois, il fallait qu'elle retrouve absolument Rami et le directeur, et qu'elle leur fasse part de ce qui se tramait dans l'ombre. A cause de ces deux fous, le khédive était en danger, l'Égypte entière était en danger. Mais comment sortir du palais, qui était aussi bien gardé qu'un château fort?

A ce moment le faux colonel tourna le visage vers l'endroit où elle était cachée et huma l'air, comme s'il avait perçu une odeur bizarre.

– Il y a quelqu'un de trop dans cette pièce! murmura-t-il.

Il se leva tout doucement, en empoignant le pectoral des deux mains. Un rayon rouge surgit de la pierre précieuse et balaya la chambre.

– Où es-tu? Montre-toi, on ne te fera pas de mal! dit l'homme d'une voix mielleuse.

Comme poussée par une force indépendante de sa volonté, Nefissa sortit de sa cachette et se tint devant lui, la tête baissée.

– Apparemment, mon pacha, dit le colonel O'Hara ironiquement, nous avons dérangé cette jeune personne pendant qu'elle faisait son travail.

– Nefissa! Qu'est-ce que tu fabriques là? s'écria Khorched pacha, scandalisé.

Comme Nefissa continuait à garder la figure obstinément baissée vers le sol, le colonel cria d'une voix de stentor:

– Regarde-moi! Réponds! Que faisais-tu ici?

Nefissa leva les yeux et ses yeux rencontrèrent la lumière rouge du Rubis. Son cerveau se brouilla, comme si un vent avait balayé ses pensées, les rendant inconsistantes et éphémères.

– Je… je ne sais pas, balbutia-t-elle.

– Bien. Par contre, moi je sais exactement ce que je vais faire de toi.

Le colonel souleva imperceptiblement une des plumes du bijou, le rayon rouge devint plus intense, et sa lumière frappa en plein les prunelles de la jeune fille. Celle-ci poussa un gémissement et s'effondra sur le tapis.

13
Deux jeunes femmes équivoques

Khorched pacha entra dans la salle des audiences royales suivi d'un officier anglais plutôt replet, le nez rouge et luisant comme tout amateur de whisky qui se respecte. Le pacha s'inclina devant Abbas II :

– Permettez-moi, Votre Altesse, de vous présenter le colonel O'Hara, irlandais de Dublin, dit-il. C'est un fervent ami de l'Égypte et un ennemi personnel de Cromer.

Lord Cromer, gouverneur général de l'Égypte, était un haut fonctionnaire britannique qui dirigeait pratiquement le pays et qui était détesté aussi bien par le peuple que par le souverain légitime. Depuis vingt et un ans, l'Égypte était devenue un « protectorat » anglais, terme nouvellement créé pour dissimuler une occupation militaire dans les règles, à laquelle Abbas II n'avait pas les moyens de s'opposer. Son trône chancelant était à la merci des forces britanniques, tandis que les prétendants à sa succession se pressaient aux portes. A la moindre incartade, il se serait retrouvé exilé dans une île du Pacifique ou de l'océan Indien, et aurait été remplacé par un prince plus malléable (ce qui arriva en effet, onze ans plus tard).

Abbas II se tourna vers le colonel irlandais et sourit :

– Les amis de mes amis sont mes amis, dit-il, très diplomatiquement.

Le colonel O'Hara inclina sèchement la tête :

– Altesse, je vous remercie d'avoir daigné me recevoir, dit-il, je n'aurais jamais osé vous importuner s'il ne s'agissait d'une affaire de la plus haute importance.

– Parlez.

– Je désirerais, Altesse, vous entretenir d'un projet infaillible susceptible de vous délivrer définitivement de l'occupation britannique.

Abbas II se mit à rire :

– Colonel O'Hara, je reçois à longueur de journée des projets de ce genre. On m'accable de notes, de pétitions, d'exhortations. Je suis en correspondance suivie avec une charmante dame française, Mme Juliette Adam, qui a épousé la cause égyptienne et remue ciel et terre pour alerter l'opinion publique de son pays, la France. Elle viendra d'ailleurs me voir prochainement. Mustapha Kamel, que vous connaissez certainement, a réussi à embraser avec ses articles les villes et les campagnes. Les patriotes et leurs projets ne manquent pas, monsieur. Mais personnellement je suis convaincu qu'il n'y a pas de projet ou de complot qui tiennent : l'indépendance de l'Égypte est seulement une question de temps, et d'efforts diplomatiques.

– Je n'insiste pas, Votre Altesse ! répondit le colonel en s'inclinant encore une fois.

Le khédive saisit un cigare et le caressa pensivement. Qui était cet horrible petit homme que son ami Khorched pacha lui avait amené, et qui osait lui tenir des propos éhontés ? Un espion de Cromer, sans doute, un agent provocateur. A d'autres ! Abbas II avait beau être encore jeune, vingt-neuf ans à peine, ses douze années de règne lui avaient appris à se méfier de tout le monde, y compris des amis de ses amis et des ennemis de ses ennemis. Et puis il y avait quelque chose dans le regard de cet Irlandais qui ne lui plaisait pas du tout.

L'audience se prolongea pendant quelques minutes dans un échange de phrases anodines, puis Khorched pacha et le colonel O'Hara s'inclinèrent en demandant la permission de se retirer. Abbas II les congédia gentiment, puis alla mettre un disque sur le nouveau phonographe qu'on venait de lui apporter et se plongea dans l'écoute d'un air des *Pêcheurs de perles*.

– Vous aviez parfaitement raison, Abbas est un vendu ! Comment ! Nous lui proposons un plan pour se débarrasser de l'occupation, et il refuse de l'examiner ! rugit Khorched pacha dès qu'ils se furent assis dans son carrosse.

Le vieil homme tremblait d'indignation en essuyant avec un mouchoir la sueur qui perlait à son front.

– Je m'attendais à cela, murmura le colonel O'Hara d'une voix douce.

– Votre cousin, le père Célestin, m'avait bien dit que vous étiez un homme d'une intelligence remarquable, mais là, vous frôlez la divination. Aux yeux de l'Égypte entière, Abbas II est un patriote pur et dur, tandis que vous saviez qu'il n'est qu'un traître !

O'Hara sourit suavement :
– Vous me flattez, monsieur. Il ne faut pas être un génie pour comprendre que, sans l'appui des Anglais, Abbas ne resterait pas un instant de plus sur son trône.

Dans sa rage, Khorched pacha ne l'écoutait même pas :
– Incroyable ! Inconcevable !
– Vous n'étiez pas convaincu, mon pacha, vous désiriez une confirmation de sa bassesse ! Aujourd'hui, vous l'avez eue.
– Il faut se débarrasser de lui ! Sans pitié, sans scrupules ! cria le pacha avec fureur. Abbas éliminé, tous les espoirs sont permis !
– Oui, mon pacha, chuchota le colonel.

Monsieur H. revint enchanté sur son île : son plan marchait à merveille. Il était tellement satisfait de sa journée qu'il alla jusqu'à acheter chez un traiteur grec des victuailles et du champagne, pour arroser son succès en compagnie de Ghelda et Walid. Pour bien comprendre l'importance de ce geste, il faut rappeler un trait particulier de son caractère. Quel que fût son déguisement, le libraire Armellini, le moine Célestin, le colonel O'Hara et les mille autres personnages qu'il avait interprétés durant sa longue carrière criminelle, Monsieur H. s'était toujours montré regardant, pour ne pas dire pingre. Mais il entrevoyait maintenant la fin radieuse d'un long chemin, le moment où il assumerait définitivement la personnalité exceptionnelle d'un chef, d'un roi, pour qui l'avarice ou même la parcimonie étaient des défauts majeurs et dégradants. Ainsi, électrisé par sa vision de l'avenir, Monsieur H. paya sans broncher le compte de quinze livres que le traiteur lui présenta.

Il pénétra avec sa barque dans le fourré de joncs gigantesques qui la cachaient aux regards, la lia à une vieille souche, et descendit avec ses paquets. La lune n'avait pas encore paru et la nuit était noire, mais Armellini connaissait son chemin. Il avançait tranquillement vers les ruines où l'attendaient ses complices, humant l'odeur d'un pâté de foie gras et les effluves d'un faisan rôti, quand il s'arrêta et tendit l'oreille. Il lui semblait entendre des lamentations, des voix, des bruits métalliques. Aussitôt tous ses sens furent en alerte, comme ceux d'un animal sauvage. Que se passait-il ? A pas feutrés, aussi silencieux qu'une panthère sur les traces d'une proie, Monsieur H. se dirigea vers l'endroit d'où venaient les bruits, mais rien ne bougeait au milieu de la végétation sauvage, l'île était retombée dans le silence. On n'entendait que le clapotis de l'eau entre les tiges, et les faibles pépiements des oiseaux qui rêvaient dans leurs nids.

Dans leur sous-sol, Ghelda et Walid dormaient aussi, avec des ronflements sonores. Monsieur H. posa ses paquets par terre et donna un coup de pied à ses compères pour les réveiller. C'est d'eux certainement que venait le tintamarre qui tout à l'heure lui avait glacé le sang. Mais Ghelda et Walid ne bronchèrent pas. Monsieur H. eut beau les secouer, les deux hommes dormaient toujours, comme s'ils s'étaient bourrés de somnifères. Avec un juron, Monsieur H. déboucha la bouteille de champagne et se résigna à dîner seul. Et là,

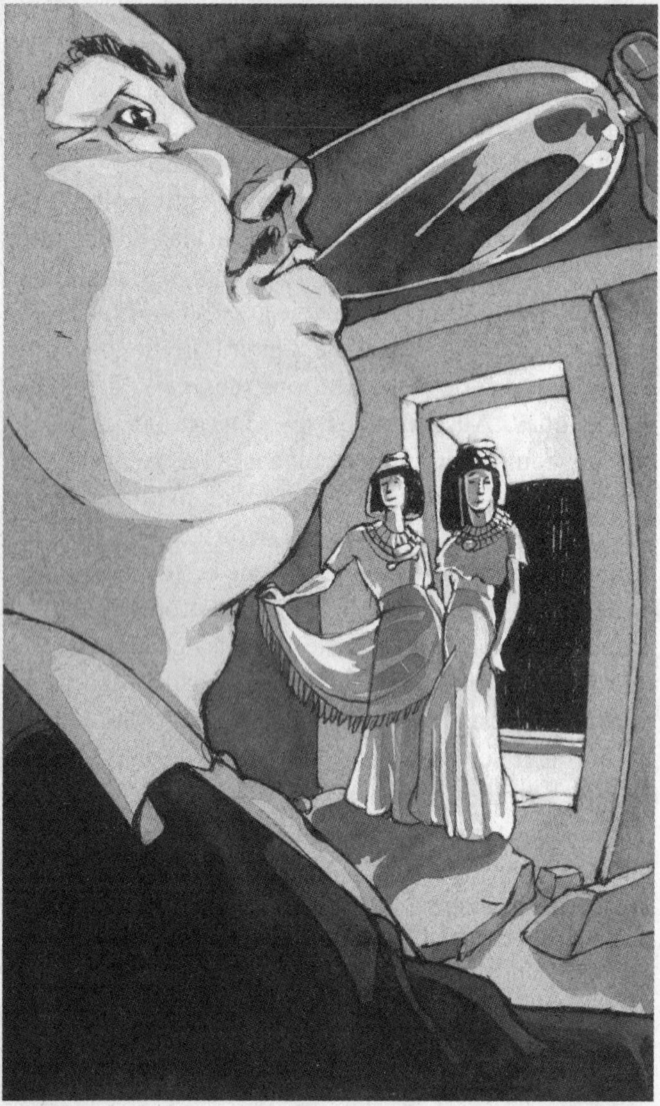

tout à coup, il vit devant lui deux merveilleuses jeunes femmes qui le regardaient attentivement. Elles se tenaient debout à l'entrée du souterrain, succinctement habillées d'étoffes vaporeuses, et leur cou s'ornait de riches colliers. Un parfum enivrant, mélange d'encens et de bergamote, envahit le sous-sol.

Monsieur H. n'était pas habitué à frayer avec le sexe dit faible et encore moins avec des apparitions. Il se leva à moitié, en bredouillant :
– Qui… qui êtes-vous ?
Puis il retomba lourdement sur son postérieur, parce que l'ébahissement lui coupait les jambes.
Les deux femmes s'inclinèrent :
– Nous sommes Mimith et Pandil, et nous sommes venues rendre hommage au futur roi d'Égypte.
Une satisfaction immense envahit Monsieur H.
– J'accepte vos hommages, dit-il avec hauteur.
– Et tu accepteras notre aide aussi, si tu veux arriver à tes fins, dit la nommée Pandil avec un sourire ironique.
– Je n'ai pas besoin de votre aide, répliqua Monsieur H. J'ai le Rubis !
– Le Feu de Hàder n'est rien dans les mains de celui qui ne sait pas lire entre les lignes, reprit Pandil.
– Tu n'as rien compris du grimoire, renchérit Mimith.
– Où sont les étoffes rouges de la consécration ? demanda Pandil.
– Où sont les agneaux palpitants du sacrifice ? Tu n'as rien fait pour satisfaire Hàder ! s'écria Mimith.
Soudain, Monsieur H. se sentit déboussolé :

– Mais de quoi parlez-vous ?

Les deux femmes échangèrent un regard et éclatèrent de rire :

– Nous t'avions bien dit que tu ne comprenais rien !

Mimith s'avança vers lui et pointa son index au milieu de son front :

– L'escalier du pouvoir est pavé de sang, homme. Celui que tu as versé jusqu'à ce jour ne recouvre que la première marche.

– Hàder attend tes hommages, conclut Pandil.

Sur ce, les deux jeunes femmes sortirent du souterrain, ou bien disparurent, ou bien se fondirent dans la nuit, Monsieur H. ne put l'établir avec certitude. Leur parfum, lourd et piquant à la fois, lui faisait tourner la tête. Il se retrouva devant les restes refroidis de son repas, le corps faible et tremblant comme s'il venait de sortir d'une longue maladie.

A l'autre bout du souterrain, Ghelda et Walid poursuivaient leur bruyant concert nocturne.

Le lendemain matin Monsieur H. se réveilla aussi frais et dispos que s'il avait dormi dans un lit de plumes. Il vit la bouteille de champagne vide jetée dans un coin, et se reprocha mentalement ses débordements de la veille, qui lui avaient procuré des rêves désagréables. Deux bonnes femmes avaient osé lui apparaître en rêve et lui donner des ordres et des conseils, à lui, Henri Armellini, futur maître du pays ! Monsieur H. fit une moue de mépris, se leva et alla à la recherche de Ghelda et Walid, qui avaient déjà quitté le souterrain.

Il les trouva assis dans la clairière, qui examinaient curieusement un gros bouquin relié en cuir.

– Nous avons trouvé ce truc devant la porte, dit Walid.

Avec un rugissement, Monsieur H. s'élança vers lui et lui arracha le « truc » des mains. Comment se faisait-il que le grimoire, qu'il avait soigneusement caché dans le coffre d'une banque, se trouvait maintenant entre les mains de cet imbécile ?

Il essaya de le cacher sous un pan de sa jaquette, mais le livre tressautait et s'ouvrait comme s'il était manœuvré par un ressort et lui donnait des coups furieux dans les côtes. Finalement Monsieur H. fut bien obligé de jeter un coup d'œil sur la page qui ne voulait pas se fermer. Sa connaissance du russe était suffisante pour qu'il comprenne parfaitement le message que les caractères cyrilliques lui transmettaient : « Tu arroseras de sang l'escalier de Hàder, tu répandras le sel dans le temple de ton Seigneur. »

Monsieur H. pâlit et sa figure se couvrit de sueur.

14
L'orchestre du khédive

Le jour où les hôtes du Domaine (excepté Hammouda qui restait à la maison pour les raisons que l'on sait) se rendirent en ville pour assister au bal au palais d'Abdine, Alain Dupré profita de l'occasion pour aller s'expliquer avec Gaston Maspero. Il laissa ses amis au Sémiramis, où ils se paraient et se pomponnaient, et se rendit au musée du Caire. Il trouva le vieil archéologue dans la salle des momies, où des experts étaient en train de s'occuper d'une reine du Moyen Empire. Maspero sembla satisfait de le voir et lui dit tout de go :

– Venez dans mon bureau, nous avons à parler, tous les deux.

Ils s'assirent dans de confortables fauteuils en cuir, devant deux tasses de café fumant. En bon stratège, Maspero attaqua le premier :

– Écoutez-moi, Dupré. Cette fois il ne s'agit pas de papyrus hallucinogènes ou de trésors volés. Il s'agit d'une découverte majeure, que vous continuez à tenir secrète contre toutes les règles de la déontologie professionnelle. Vous vous êtes mis dans un sacré pétrin, mon ami, vos collègues vous critiquent, le ministère, en France, s'inquiète. Si vous voulez que je vous aide, vous devez me dire toute la vérité.

– C'est bien mon intention, à condition que vous parliez aussi, murmura Dupré.

– Commencez, grogna Maspero, et nous verrons.

Le directeur lui raconta tout, depuis les premiers incidents inexplicables au Domaine des Djinns, jusqu'à l'arrivée de Bourrichon et le vol du grimoire. Il parla des étranges inscriptions du Ns 9-6, des phénomènes de lévitation auxquels il avait assisté, seul ou en compagnie de ses hôtes, des circonstances où le « couloir » avait été découvert. Il parla aussi de Monsieur H. déguisé en père Célestin et du rôle encore obscur que jouait dans toute cette affaire le célèbre Khorched pacha.

Maspero le laissa parler sans l'interrompre. Parfois il fronçait les sourcils, secouait la tête, mais ses lèvres restaient obstinément fermées. Enfin il alluma sa pipe et déclara :

– Mon cher Alain, vous oubliez de me parler du Talisman.

– J'y venais. Je crains que ce fameux Talisman – je dis fameux parce que vous semblez le connaître aussi – ne soit autre chose que le pectoral qui manquait dans le trésor d'Hor Hotep, la pièce que j'avais appelée par erreur « le soleil ailé ».

– Je suis heureux de vous entendre admettre vos erreurs. Et cette pièce se trouve actuellement, si je ne me trompe, entre les mains d'Henri Armellini.

– C'est ça.

– Voyez-vous, mon cher ami, l'année passée, quand j'ai su que Monsieur H. n'avait gardé que le pectoral parmi d'autres objets qui avaient une valeur marchande beaucoup plus grande, je me suis posé la question : pourquoi ?

– Pourquoi ?

Maspero se leva et se dirigea vers son bureau.

– Parce qu'il connaissait la légende qui l'accompagne, probablement. Il se trouve que je la connais aussi. J'avais entendu parler d'un objet mystérieux qu'on recherchait au Moyen Âge, dont la description faisait penser à un bijou pharaonique : un pectoral qui représentait un soleil ailé. Je me demande maintenant si Monsieur H. n'a pas passé sa vie entière à le chercher ! Probablement, cet homme collectionnait des pièces archéologiques volées dans l'espoir de trouver enfin le Talisman – ou le Rubis d'Anubis, comme l'appellent certains textes. En même temps, il cherchait l'ancien manuscrit qui décrit ses prétendus pouvoirs.

– Maintenant il possède les deux, Gaston !

Maspero ne parut pas impressionné par le ton anxieux du directeur.

– Regardez ça ! reprit-il en indiquant un texte sous verre posé sur son bureau. C'est un papyrus de la vingtième dynastie qui parle d'un groupe d'hommes et de femmes condamnés à mort pour avoir pratiqué des sacrifices humains au nom d'un certain Hàder, un dieu où je reconnais formellement Anubis. Mais les origines du culte d'Anubis-Hàder sont bien antérieures à la vingtième dynastie. En fait, elles se perdent dans la nuit des temps.

– Incroyable !

– Il suffit de connaître l'esprit humain pour comprendre, mon cher Dupré. Le culte de Hàder avait pour but d'atteindre le pouvoir absolu : ainsi tout despote, tout usurpateur, tout fauteur de guerre y avait recours. J'ai retrouvé son symbole sur des coupes et des vases qui remontent aux temps préhistoriques. Observez ces photos…

Maspero ouvrit un tiroir et en sortit une liasse d'agrandissements photographiques, où apparaissaient différentes poteries marquées d'un cercle et de deux ailes stylisées.

– Dans le naos, murmura Dupré, le Talisman porte un autre nom : Feu de Hàder.

– Intéressant, mais tout à fait normal. Les anciens Égyptiens donnaient différents noms aux dieux, aux symboles, aux rois. Il ne faut pas se laisser abuser : Rubis d'Anubis, Feu de Hàder, Talisman, il s'agit toujours du même objet.

Maspero ralluma sa pipe qui s'était éteinte et continua :

– J'ai commencé à rassembler ces documents depuis la disparition du pectoral, et aujourd'hui j'en ai suffisamment pour y voir clair. Vous, de votre côté, vous venez de découvrir un des endroits où la secte se réunissait et pratiquait ses rites horribles. Nous avons assez d'éléments pour faire une publication, ne croyez-vous pas ? Ou bien avez-vous l'intention de garder encore une fois vos découvertes pour vous ?

Alain Dupré sursauta.

– Une publication en ce moment serait un désastre,

Gaston ! Monsieur H. saurait que nous connaissons ses intentions, que nous le traquons de près, et il précipiterait les événements.

– Les événements ? Quels événements ?

– Le Feu de Hàder, ou Talisman, ou quel que soit son nom, a un effet particulier. Je ne sais pas comment il fonctionne, mais Bourrichon m'assure qu'il annule la volonté des gens et les pousse à faire n'importe quoi, comme s'ils étaient hypnotisés. Des personnes comme vous et moi deviennent de simples sicaires, des tueurs, des assassins aveugles, incapables d'évaluer la portée de leurs actions. Si Monsieur H. n'a pas quitté l'Égypte jusqu'à maintenant, il n'y a qu'une seule raison : il veut s'emparer du pouvoir !

Maspero se laissa tomber sur sa chaise, les yeux écarquillés.

– Sapristi ! Et comment pensez-vous que ce… ce bandit y parvienne ?

– Grâce au Talisman, voyons !

Maspero se couvrit la figure des deux mains en gémissant :

– Non ! Je vous en prie, Dupré, ne recommencez pas ! Vous êtes un archéologue, pas un diseur de bonne aventure ! Vous n'allez pas me dire que vous croyez à ces superstitions, à ces folies !

– Bourrichon y croit !

– Bourrichon ? Alors Bourrichon est fou. Dites-le-lui de ma part !

– Vous pourrez le lui dire vous-même, répliqua Dupré furieux, en se dirigeant à grands pas vers la sortie. Vous le verrez ce soir au bal du khédive ! hurla-t-il, avant de claquer la porte.

– Nefissa ! viens serrer mon corset ! brailla Mlle Gulpinar, debout devant sa psyché au milieu d'un déballage de robes et de lingerie.

La jeune servante s'approcha et commença à tirer sur les lacets.

– Doucement ! souffla Gulpinar, la figure cramoisie. Tu me pinces !

– Pardon, mademoiselle, dit Nefissa d'une voix atone.

– Nefissa, intervint Mme Khorched, as-tu repassé les robes de mes filles ?

– Oui, madame.

– Quelles robes ? Nous ne t'avons pas encore dit lesquelles ! Tu les as repassées toutes ? ironisa Melek.

– Oui, mademoiselle.

– Oui, madame, oui, mademoiselle, voilà tout ce que tu sais dire, ces temps-ci. Tu es devenue idiote ou quoi ?

– Non, madame.

Madame Khorched souffla d'impatience. Nefissa n'était plus la même. Sa bonne humeur avait disparu, elle parlait à peine et accomplissait ses tâches machinalement, comme un automate. En cela, elle ressemblait maintenant aux autres domestiques, qui depuis des mois se mouvaient entre les murs du palais comme des ombres et faisaient leur travail en silence, sans défaillances et sans entrain. Pour une maisonnée orientale, où les domestiques participent toujours à la vie commune avec leur gaîté ou leur grogne, cette situation était particulièrement étrange, et Mme Khorched en était toute désorientée.

– Qu'est-ce que tu as, Nefissa ? Tu es malade ?

– Non, madame.

Melek haussa les épaules.

– Laisse tomber, maman, ça lui passera. Et toi, Nefissa, va nous chercher nos robes en faille jaune.

– Oui, mademoiselle.

Nefissa alla dans la garde-robe et détacha de leur cintre deux robes de soirée jaunes, agrémentées de strass et de paillettes. Des bribes de pensées confuses se promenaient dans sa tête, sans trouver où s'accrocher. Tout ce qu'elle faisait ou pensait glissait rapidement dans l'oubli et elle ne vivait que dans l'instant présent, incapable de raisonner. Par moments elle se disait qu'elle avait une tâche importante à accomplir, mais quand elle essayait de se rappeler laquelle, elle perdait pied et retombait dans une confusion encore plus grande.

– Alors, nos robes, c'est pour demain ? cria Gulpinar.

– Non, mademoiselle.

Nefissa revint dans la chambre à coucher avec les deux robes en faille jaune et les déposa sur le lit.

Hammouda regardait tristement le splendide uniforme de gala que le khédive lui avait envoyé en don, tout comme à Rami. Son ami avait mis la sienne dans sa valise, l'adorable Mlle Bourrichon avait fait de même pour sa robe de soirée en moire mauve, et ils étaient partis, tandis que lui, Hammouda, était obligé de rester tout seul dans sa chambre, seul avec sa mère dans le palais désert.

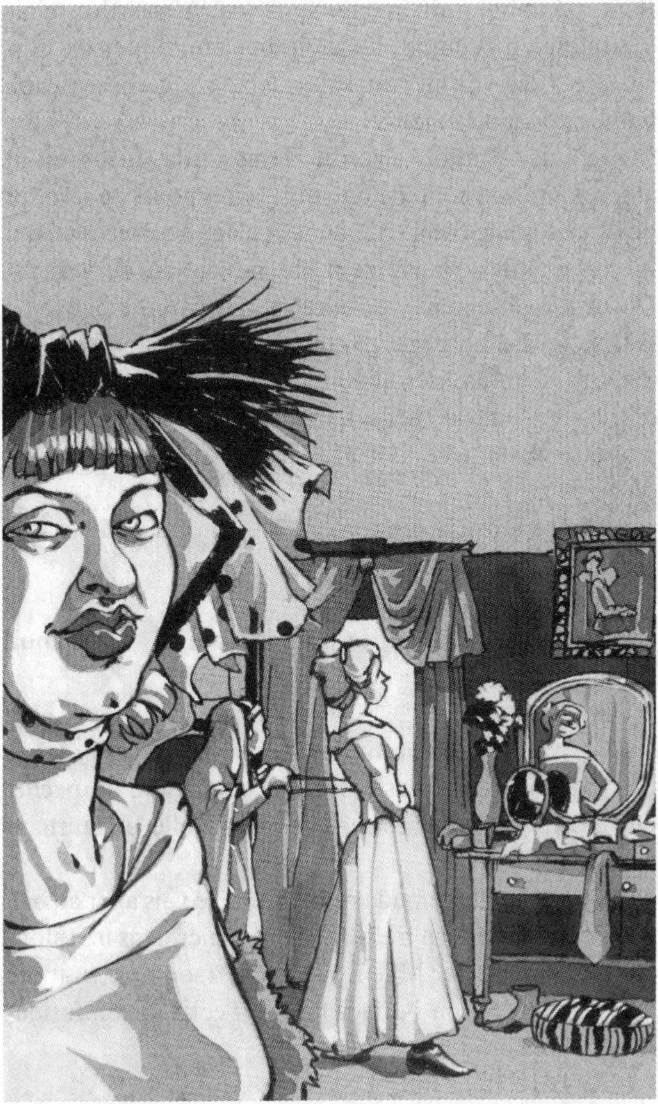

Il ne déambulerait jamais sous les lustres du palais d'Abdine en écoutant les mélodies enivrantes de l'orchestre. Il ne verrait jamais la sublime Mlle Bourrichon habillée de moire mauve.

« Je suis un idiot ! » se dit Hammouda. Il regrettait amèrement son coup de tête qui l'avait poussé à s'enfuir de l'Institut khédivial en cédant sa place à un inconnu qui lui ressemblait vaguement, le neveu du surveillant Dardiri. « Comment j'ai pu faire une pareille bêtise ? »

Il se leva d'un bond et commença à s'habiller. Tout d'abord, il enfila le pantalon gansé sur le côté d'un cordon rouge, puis la chemise blanche sans col, et enfin la jaquette chamarrée d'or et d'argent et boutonnée jusqu'au cou.

Sa mère entra à ce moment et se mit à pousser des vociférations affolées :

– Arrière ! Arrière ! Arrière !

– Mais qu'est-ce qui te prend, maman ? C'est moi, Hammouda !

– Hammouda ?

La vieille femme battit des paupières et s'approcha :

– Pas possible. Tu as l'air d'un seigneur, d'un pacha. Oh, mon petit, que tu es beau ! gloussa-t-elle, en tournant autour de lui.

– Mère, dit Hammouda résolument, je vais aller au bal.

Il se voyait déjà en train de se promener dans les salons du palais royal avec Mlle Bourrichon à son bras, et toute autre considération s'effaçait devant cette vision furieusement romantique.

– Au bal ? Tu es fou ? Le khédive...

– Le khédive ne me reconnaîtra pas, je donnerai n'importe quel nom. Tu crois que le khédive connaît tous ses invités ?

Omm Hammouda se mit à pleurer :

– Si notre seigneur Abbas s'aperçoit que tu l'as trompé, il sera très méchant avec toi.

Elle gémit, renifla et se moucha bruyamment, mais en voyant son fils qui posait crânement sur sa tête un tarbouche flambant neuf elle comprit que rien ni personne ne pourrait le faire changer d'avis.

– Si tu veux absolument y aller, dit-elle d'une voix tremblante, au moins porte ça sur toi.

Elle détacha l'amulette du derviche et la passa au cou de Hammouda.

– C'est une amulette très puissante. Cache-la sous ta chemise, et si jamais tu es en danger, touche-la. Oui, touche-la, tout simplement.

– Ça va, ça va, mère, répondit Hammouda avec impatience.

Il sortit, alla à l'écurie se choisir un cheval et s'élança vers Le Caire. Ringo courut derrière lui en aboyant comme s'il voulait lui dire quelque chose, mais bientôt il s'arrêta, découragé, et le regarda disparaître au milieu des palmiers.

Le soleil était déjà bas sur l'horizon : Hammouda avait à peine le temps d'atteindre Abdine pour l'arrivée des invités.

Le Beau Danube bleu et la valse de *La Veuve joyeuse* étaient les deux chevaux de bataille de M. Petruzzelli, le chef d'orchestre du palais d'Abdine. Le maestro était un homme minuscule, maigre et ratatiné, qui adorait la musique, adorait l'Égypte, adorait le khédive Abbas et adorait ses musiciens. Dommage que ce soir-là l'un d'eux, un violoniste, lui ait faussé compagnie pour des raisons de santé, envoyant un remplaçant avec lequel il n'avait pas eu le temps de répéter. Le nouveau venu était très brun, avait de minces moustaches noires et un petit ventre sanglé dans une redingote impeccable ; on aurait dit un Mexicain.

« Espérons du moins qu'il sache tenir le temps » se dit Petruzzelli. Il leva sa baguette, l'abaissa, et les premières notes d'une valse de Strauss se déroulèrent dans les salons, qui se remplissaient lentement d'uniformes et de robes multicolores. Cette année-là, les dames portaient sur la tête d'immenses aigrettes fichées dans leur chignon et la saison très chaude exigeait des tissus légers et vaporeux. Bientôt, la salle de bal ressembla à une volière d'oiseaux exotiques et Petruzzelli sourit extasié. Il adorait les fêtes du khédive et – grâces soient rendues à sainte Cécile, protectrice des musiciens – le violoniste remplaçant ne se débrouillait pas trop mal.

Mlle Bourrichon ne portait pas d'aigrettes, mais Rami dut reconnaître qu'elle était la plus jolie parmi les jeunes filles présentes. Il imagina Nefissa à côté d'elle, enveloppée de soie noire et le voile blanc du *yachmak** sur le bas de la figure, comme une grande dame, et cette image fit battre plus rapidement son cœur. Oui, Nefissa aussi aurait fait son effet au bal du Khédive. Il y avait dans les salons quelques jolies Égyptiennes qui avaient gardé

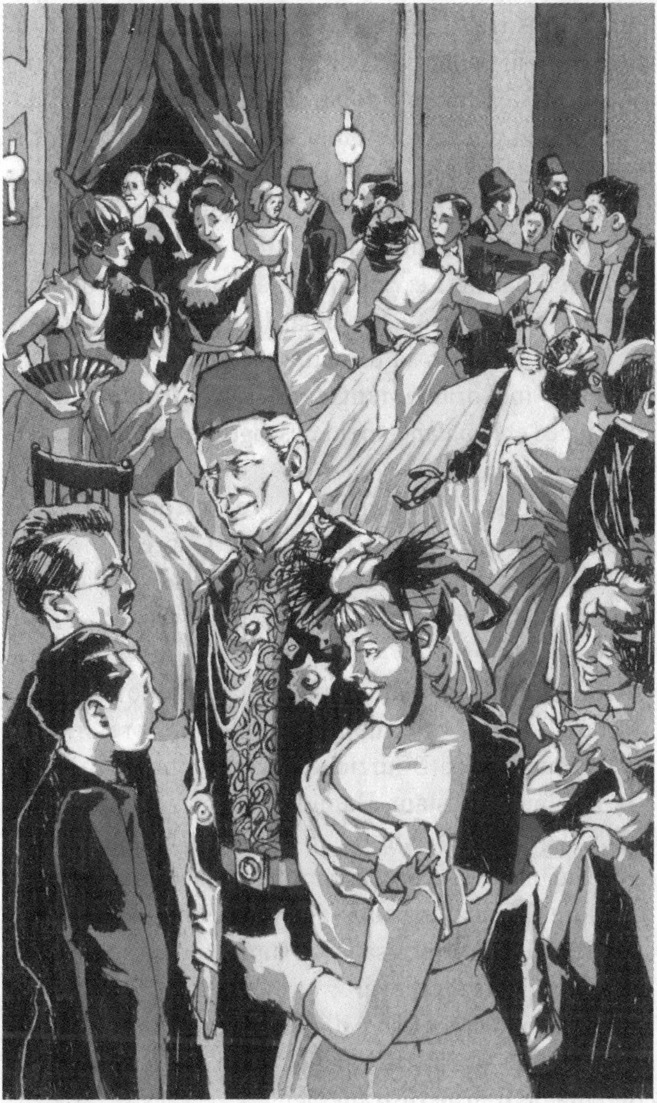

leurs habits traditionnels, la figure partiellement couverte, et leurs silhouettes romantiques donnaient une touche mystérieuse à la foule des dames habillées à l'européenne et coiffées selon la dernière mode de Paris. Parmi ces dernières, Rami remarqua tout à coup deux grandes filles très laides, habillées de jaune criard, qui venaient de faire leur apparition en compagnie de Khorched pacha. Le vieil homme jeta un regard circulaire sur la salle, arrêta son regard sur lui, et illico poussa les deux filles dans sa direction. Terrifié, Rami les vit s'avancer inexorablement dans le froufroutement de leurs jupes et le balancement des aigrettes noires qui surmontaient leur tête.

– Mes filles, Gulpinar et Melek, dit fièrement Khorched pacha à l'intention d'Alain Dupré.

Fasciné par la laideur des deux demoiselles, l'archéologue mit du temps à répondre, mais réussit enfin à retrouver sa voix :

– Oh, Khorched pacha, quel plaisir de vous revoir ! Mesdemoiselles... Permettez-moi de vous présenter le professeur Ignace Bourrichon. Vous connaissez peut-être déjà mon assistant, Rami El Rehini.

Les demoiselles Khorched s'étaient badigeonné la figure de blanc au point de paraître cadavériques et leurs paupières croulaient sous des tonnes de mascara. La cadette, Melek, fronça sa lèvre supérieure et mit en évidence des dents de cheval :

– Dans mon carnet de bal il y a encore une place libre, miaula-t-elle à l'intention de Rami, mais celui-ci se contenta de sourire distraitement.

Il éprouvait tout à coup le même malaise qu'il avait ressenti dans le jardin du palais Khorched, en voyant apparaître le moine capucin. Un pressentiment lui disait que Henri Armellini était là, quelque part. Mais où ? Il observa avec soupçon Khorched pacha, mais Monsieur H. aurait pu difficilement prendre l'aspect du vieil homme, qui faisait deux fois sa taille. Rami poussa la prudence jusqu'à examiner subrepticement les demoiselles ses filles, mais celles-ci, tout en étant assez masculines, n'avaient rien des rondeurs charnues de l'affreux criminel.

– Belle soirée, dit Khorched pacha.

– Splendide, confirma Bourrichon.

Gaston Maspero fit son entrée, accompagné d'un groupe fourni d'archéologues de l'IFAO et de leurs épouses, et immédiatement les dames présentes commencèrent à examiner discrètement les toilettes des « Françaises ». Maspero lança un regard incendiaire à Bourrichon, auquel le savant répondit par un sourire ingénu.

Désormais la salle de bal était bondée et on attendait le souverain d'un instant à l'autre. Comme prélude au déchaînement des cymbales et des trompettes de l'hymne national, le maestro Petruzzelli jouait des airs entraînants qu'on entendait jusque dans la cour, où les retardataires continuaient d'affluer. Un jeune cadet de l'Institut khédivial se présenta à cheval au portail et sauta à terre. Il était couvert de poussière, échevelé et hors d'haleine, au point que le maître des cérémonies, après avoir contrôlé attentivement son carton, s'inclina à son oreille et lui suggéra de passer un instant à la salle de bains, pour se rafraîchir. Ce que Hammouda fit bien volontiers, sans se douter que les quelques instants passés à se laver la figure et à se coiffer lui épargneraient beaucoup de désagréments.

15
Une soirée mouvementée

Sous les arcades de la galerie qui donnait accès à la salle de bal parut un groupe de hauts dignitaires en uniforme de gala. Le président du conseil, Riad pacha, les ministres, les sous-secrétaires d'État, ils étaient tous là, rutilants d'or et de décorations, sous une douzaine de lustres flamboyants et de nombreuses cariatides en marbre qui se penchaient des corniches.

Le violoniste mexicain s'arrêta de jouer et déboutonna furtivement le premier bouton de son plastron, puis recommença à promener son archet sur les cordes du violon.

Du côté opposé de la salle de bal, le grand chambellan annonça l'entrée du khédive. Électrisé, Petruzzelli immobilisa sa baguette, les hommes se raidirent, les dames cessèrent de s'éventer, et tout le monde tourna la tête vers l'estrade où Abbas II allait faire son apparition.

Tout le monde, sauf Rami, dont le malaise était devenu lancinant. Le jeune garçon leva les yeux vers les lustres de la galerie et les vit se teindre de rouge, puis se mettre en mouvement comme s'ils étaient doués de vie autonome et voulaient se libérer des anneaux qui les retenaient au plafond. Les cariatides, de leur côté, tressautaient en cadence et se penchaient dangereusement dans le vide. Tout cela se passait dans le plus profond silence, comme dans un rêve. Les pendeloques des lustres en folie et les cariatides sauteuses ne faisaient pas plus de bruit que si elles avaient été en gélatine.

Rami ouvrit la bouche pour crier mais les événements s'accélérèrent. Abbas II parut, Petruzzelli abaissa sa baguette et l'orchestre explosa. En même temps les lustres, les cariatides et de gros morceaux de corniche s'écroulèrent sur les dignitaires tandis qu'un nuage de poussière âcre aveuglait et étouffait tout le monde. La musique se tut et fut remplacée par les hurlements assourdissants des dames, par les gémissements des blessés et par les ordres tonitruants et inutiles que lançaient à droite et à gauche les préposés à la sécurité. Abbas II avait déjà disparu sous un édredon de gardes du corps qui s'étaient jetés sur lui et maintenant rampaient à quatre pattes pour le traîner vers un endroit plus tranquille. Dans les cris et la confusion générale, Rami poussa Mlle Bourrichon près d'une fenêtre, puis courut avec Dupré et Bourrichon vers les décombres, où ils s'affairèrent avec d'autres courageux à dégager les victimes. Après avoir essayé de s'enfuir par la galerie bloquée par les gravats, les autres invités refluèrent en hurlant vers le centre de la salle. Les femmes braillaient, en proie à des crises de nerfs. Certains regardaient terrorisés le plafond dans la crainte qu'il ne tombe à son tour, mais le plafond était intact, et solide. Seuls s'étaient écroulés les lustres, les corniches et les cariatides de la galerie – qui n'étaient pas en marbre, comme on l'avait toujours cru, mais en stuc. Ce détail sauva probablement beaucoup de vies, même si les contusions et les fractures furent nombreuses.

Hammouda surgit enfin de la salle de bains. Il ne perdit pas de temps à demander des explications et se mit avec les autres à secourir les victimes. Vers minuit, tous les blessés avaient été transportés à l'hôpital et les invités indemnes étaient rentrés chez eux. Abbas II avait ordonné une enquête.

A ce moment, Dupré et ses amis se mirent à la recherche de M. Bourrichon, mais il était introuvable. Mlle Bourrichon dit tranquillement :

– Papa est sûrement rentré à l'hôtel.

En sortant dans la cour, ils constatèrent que le cheval de Hammouda n'était plus là. Interrogé, le cocher Marzouk n'avait rien vu ; il avait passé sa soirée, dit-il, à diriger le va-et-vient des voitures d'ambulance. Ils rentrèrent donc au Sémiramis, mais ils n'y trouvèrent ni Bourrichon, ni le cheval. Dans l'affolement général, la seule qui garda son sang-froid fut encore Mlle Bourrichon :

– Ne craignez rien, papa sait comment se débrouiller.

Il y avait une telle assurance dans l'attitude et les paroles de la jeune fille, que les autres furent tentés de soupçonner qu'elle savait où était son père, et ils montèrent dans leurs chambres en se disant que Bourrichon serait rentré pendant la nuit. Mais Rami, qui dormait avec Hammouda, n'arrivait pas à fermer l'œil.

– Je suis certain que Monsieur H. était présent dans la salle. Ce qui est arrivé ce soir a quelque chose à voir avec le Talisman.

– C'est impossible, grogna Hammouda, qui mourait de fatigue. Le contrôle à la porte était trop rigoureux.

– Hammouda, je suis inquiet pour M. Bourrichon.

– Moi aussi, mais laisse-moi dormir, maintenant. Je n'en peux plus.

Hammouda se mit presque immédiatement à ronfler et Rami resta seul à ressasser des pensées inquiètes.

Le lendemain à l'aube, un concierge de l'hôtel trouva M. Bourrichon étalé sur les marches du perron, les habits imbibés d'eau et de vase et les cheveux mêlés de brins d'herbe. A ses côtés, un cheval broutait les fleurs de la terrasse. Le savant français ne montrait aucune blessure et avait plutôt l'air de tenir une sacrée cuite. Le concierge, habitué à de pareils retours matinaux, envoya le cheval à l'écurie, transporta Bourrichon jusqu'à sa chambre avec l'aide de deux serveurs, et le coucha après l'avoir débarrassé de ses habits souillés. Le chef d'étage ordonna d'envoyer le tout à la teinturerie de l'hôtel, ce qui fut fait. Ses chaussures furent cirées, sa chemise et ses chaussettes lavées et repassées. Ainsi, quand tout le monde se réveilla, vers dix heures, il ne restait aucune trace de l'aventure nocturne de M. Bourrichon, ni dans ses habits, ni dans son esprit.

Tout simplement, Bourrichon ne se souvenait de rien. Entre le moment où il avait couru avec Alain Dupré vers les gravats et celui où il s'était réveillé dans son lit, il y avait un grand trou noir. Qu'était-il arrivé pendant ce temps ? Il ne s'en souvenait pas. Il avait beau chercher, essayer de se concentrer : pas le moindre souvenir, pas la moindre image. Bourrichon éclata de rire, puis se mit à chantonner.

Une lettre recommandée avec avis de réception arriva au Domaine le surlendemain au moment du petit déjeuner, en même temps que les journaux des deux derniers jours. Les nouvelles étaient tellement sensationnelles que Dupré en oublia la lettre et se mit à lire à ses amis ce que les journalistes écrivaient sur l'effondrement de la galerie au palais d'Abdine. Tous criaient à l'attentat, mais contre qui ? Plutôt que d'un attentat contre Abbas, les journaux – contrôlés par les Anglais – insinuaient qu'il s'agissait d'une tentative d'Abbas II pour se débarrasser de son cabinet au grand complet, depuis le Premier ministre jusqu'au dernier sous-secrétaire.

– C'est absurde ! s'écria Dupré. Ce n'était qu'un accident, et maintenant ils veulent en faire un crime, un prétexte pour destituer le khédive.

Rami et Hammouda pâlirent. L'idée qu'on puisse porter atteinte à leur souverain, qu'ils considéraient un peu comme leur père d'adoption, les révoltait.

– Ce sont tous des ordures, des vendus ! grogna Hammouda.

Bourrichon beurrait sereinement une tartine et semblait indifférent à tout.

« Vendus, vendus » chantonna-t-il. Sa fille le regarda préoccupée. Depuis sa disparition nocturne, le professeur se comportait de manière étrange. Par moments il paraissait être retombé en enfance et disait des mots sans suite accompagnés de petits rires idiots. Il avait perdu tout intérêt pour les secrets du naos, et passait son temps à se promener dans le jardin en arrachant des feuilles d'acacias qu'il mâchonnait interminablement, sans paraître s'apercevoir de leur goût détestable.

– Papa a vraiment besoin d'une bonne séance, déclara Mlle Bourrichon.

– Une séance de quoi ?

– Une séance tout court.

– Ma chère enfant, si une « séance tout court », comme vous dites, peut l'aider à recouvrer ses esprits, je suis tout à fait d'accord, déclara Dupré en ouvrant enfin la lettre qui lui était adressée.

Tout à coup sa figure se figea, il chiffonna la lettre et donna un grand coup de poing sur la table. Tous sursautèrent, sauf Bourrichon :

– C'est inouï ! cria-t-il, Gaston a perdu la tête !

– Qu'est ce qu'il y a encore ? demanda Rami.

– Maspero exige que je présente mon rapport sur le naos dans la semaine. Je lui ai pourtant bien expliqué que c'était dangereux !

– Et qu'arriverait-il si vous faisiez la sourde oreille ? demanda Mlle Bourrichon.

– Je ne sais pas. Je suppose qu'il me remplacerait par un imbécile quelconque, qui ne ferait qu'embrouiller les choses.

– Une semaine, c'est long. Tout peut arriver en une semaine, lança Hammouda.

Mlle Bourrichon approuva :
– Essayons pour l'instant de récupérer mon père, et nous verrons bien.

Dupré passa la première partie de la matinée à classer les bijoux retrouvés dans le couloir, qu'il avait gardés jusqu'à ce jour dans un coffre-fort portatif. C'étaient des pièces magnifiques, qui avaient dû appartenir à des nobles, voire à des princes et des princesses. Cela le faisait penser à un coup d'État, au cours duquel une famille royale aurait été exterminée en entier : quoi de plus normal, puisqu'il s'agissait de rites destinés à assurer le pouvoir à ceux qui les pratiquaient !

Vers onze heures, le directeur envoya le coffre-fort au musée du Caire sous escorte armée, et se rendit seul sur le site, où ses hommes avaient déjà dégagé plusieurs mètres supplémentaires du couloir sans faire la moindre trouvaille.

Quand la chaleur se fit sentir, Dupré renvoya les ouvriers et confia le site aux forces de police qui l'entouraient jour et nuit comme s'il agissait de Fort Knox, le bunker où les États-Unis gardent leur or. A ce moment, l'officier qui commandait le détachement – un jeune homme qui faisait ses premières armes – s'approcha de Dupré et salua.

– Monsieur, s'il vous plaît.
– Oui, lieutenant ?
– Monsieur, j'ai obligation de faire mon devoir. Aussi vous m'excuserez si je me permets de vous demander… de ne pas envoyer des visiteurs pendant la nuit.

– Des visiteurs ?

– Il s'agit plutôt de… visiteuses, monsieur, qui distraient mes hommes et profanent ce lieu sacré et inviolable.

– Mais que dites-vous ? s'étonna le directeur. Tout d'abord, ce lieu n'est pas sacré. Ensuite, je ne vous ai envoyé personne. L'idée ne m'en a même pas traversé l'esprit !

– Ces dames m'ont dit qu'elles venaient de votre part, monsieur, pour visiter le « Temple ». Franchement, monsieur, cela m'a étonné : elles étaient trop sommairement habillées pour pénétrer dans un temple. J'ai eu le plus grand mal à empêcher mes hommes de faire des commentaires à haute voix.

Dupré le regardait attentivement :

– Et qu'ont fait ces dames ?

Le jeune officier rougit.

– Elles se sont assises sur le talus, au-dessus de l'excavation, et elles ont commencé à chanter et à rire. Je ne comprends pas leur langue, monsieur, mais sans aucun doute elles… elles…

– Elles… quoi ?

– Elle… me faisaient des avances, monsieur.

– Je mettrai fin à cette histoire, dit Dupré avec autant d'assurance qu'il le pouvait. Ces personnes n'ont pas dit leur nom ?

– Pas à moi, monsieur. Mais elles parlaient entre elles et je n'ai pas pu m'empêcher d'entendre. La grande s'appelle Mimith, et la plus petite Pandil.

– Merci, dit machinalement le directeur.

Alain Dupré revint au galop au palais, bien décidé à secouer Bourrichon pour qu'il reprenne ses esprits et lui explique cette nouvelle énigme : qui diable étaient Mimith et Pandil ? Il était suffisamment averti des phénomènes étranges provoqués par ses découvertes archéologiques, pour se douter qu'il s'agissait encore une fois d'esprits, de démons, de djinns ou de fantômes, pour ne pas parler de spectres ou de vampires. Désormais il n'excluait plus rien et éprouvait un ressentiment féroce contre son ami Ignace qui ne l'avait pas suffisamment éclairé sur tous les arrière-plans du culte de Hàder.

Il trouva tout le monde réuni dans le petit salon du premier étage. Omm Hammouda, Hammouda, Rami et Bourrichon lui-même étaient assis autour de la table à trois pieds, et Mlle Bourrichon allait et venait dans la chambre.

– Papa ne me laisse pas commencer la séance ! dit-elle, dès qu'elle aperçut Dupré. Il ne nous permet pas de travailler !

– Il vaudrait mieux qu'on se dépêche, s'écria Dupré avec irritation, il y a du nouveau !

Bourrichon se tourna vers lui avec un sourire béat :

– Oh, mon ami Dupré ! Quel bon vent vous amène ?

– Allons, Bourrichon, tenez-vous tranquille et faites ce que votre fille vous dit de faire.

– Ma fille, ma fifille chérie ! hoqueta Bourrichon, et il éclata d'un fou rire incoercible.

Il tressautait, se tordait, s'arc-boutait et faillit presque tomber de sa chaise. Dupré le saisit aux épaules et l'obligea à se tenir droit :

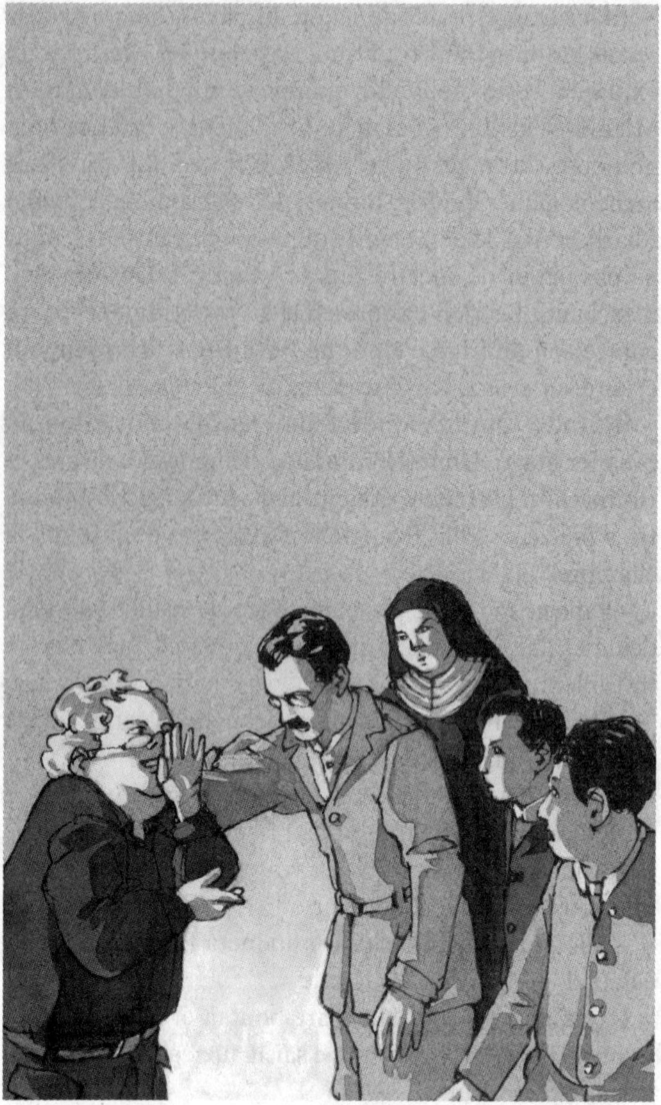

– Écoutez-moi, Bourrichon, ce n'est pas le moment de rire ! Qui sont Mimith et Pandil ? Qui sont Mimith et Pandil ? !

– Youuuuuuu ! hulula Bourrichon, l'œil allumé. Vous les avez connues aussi ? Ça va, je ne serai pas jaloux, il y en a pour nous deux, n'est-ce pas ? Et je serai bon prince, je vous laisserai choisir en premier !

– Papa, je t'en prie, ressaisis-toi ! dit sévèrement Mlle Bourrichon.

Bourrichon se leva et fit une pirouette digne d'un danseur de flamenco.

– Ohi, ohi, ma fifille me gronde ! gémit-il en clignant de l'œil à l'intention de Dupré.

Il s'approcha de l'archéologue et lui souffla à l'oreille :

– Ne faites pas attention, nous saurons nous débarrasser de ma fille au bon moment !

Puis il sourit, l'air canaille, et retourna s'asseoir sur sa chaise, en se grattant furieusement la tête.

– Hammouda ! appela à ce moment omm Hammouda.

– Oui, mère.

– Tu as encore mon amulette, j'espère ?

– Oui, mère.

– Passe-la à son cou.

Mlle Bourrichon s'inquiéta :

– Quelle amulette ? Qu'est-ce que...

Mais avant qu'elle ait pu terminer sa phrase, Hammouda avait passé au cou de Bourrichon une cordelette passablement sale d'où pendaient trois perles, une en verre bleu, et deux autres, plus petites, qui ressemblaient à des turquoises.

Tout d'abord il ne se passa rien. Bourrichon regarda les trois petites sphères qui pendaient sur sa poitrine, les toucha du bout des doigts et sourit béatement. Puis sa figure s'affaissa, il ôta ses lunettes et ses yeux s'écarquillèrent comme devant une vision effrayante :

– Non ! Laissez-moi !… Laissez-moi !… Je ne vous dirai rien ! hurla-t-il de toutes ses forces.

Il repoussa Hammouda qui faillit tomber, et se mit à courir dans la chambre en gesticulant et en se cognant la tête contre les murs, ce qui obligea Dupré et Rami à se jeter sur lui et à le plaquer sur le sol pour l'empêcher de se fracasser le crâne.

Quelques instants après, Bourrichon se calma, ouvrit des yeux aussi candides que ceux d'un nouveau-né et demanda d'une voix tranquille :

– Dupré, Rami, que diable faites-vous sur mon estomac ?

– Maintenant tu peux lui enlever l'amulette, Hammouda, déclara omm Hammouda d'une voix satisfaite.

16
Le mystère Bourrichon

– Attends ! s'écria Dupré.

Il prit des mains de Hammouda la cordelette et l'examina attentivement. Bourrichon se releva et se joignit à lui.

– Qu'est-ce que c'est ?

– C'est un… gri-gri qu'on vous a passé au cou et qui vous a guéri instantanément.

– Guéri ? Pourquoi ? J'étais malade ?

– Disons que votre état n'était pas tout à fait normal.

L'examen attentif du cordon et des trois boules bleues ne dit rien à Dupré. C'était une amulette quelconque, semblable à celles que la plupart des paysannes portaient à leur cou.

– Extraordinaire, déclara Mlle Bourrichon en observant l'objet à son tour.

– Allez-vous m'expliquer ce qui se passe ? s'agita Bourrichon.

– Papa, tu as eu un « transfert », et il te faut une séance.

– Eh bien, s'il me faut une séance, allons-y. Je serai heureux de pouvoir vous donner des informations utiles.

Il expliqua avec force mots savants qu'un transfert

était un état de folie passagère provoqué par des causes variées, tandis qu'une séance, comme ils l'appelaient entre eux en famille, était un mélange entre une séance d'hypnose et une chaîne médiumnique très puissante, qui avait pour but de révéler les substrats de la pensée d'un sujet consentant.

– J'espère que vous êtes consentant, grogna Dupré.

– Je le suis, je le suis, mon ami.

Ils s'assirent tous autour de la table, les mains jointes, les yeux fermés et les nerfs passablement tendus. Dans le silence ils entendirent vaguement les aboiements de Ringo qui courait au jardin, puis le hennissement d'un cheval à l'écurie. Enfin le tic-tac d'une pendule se fit entendre, mais il n'y avait pas de pendule au palais.

– Papa, murmura Mlle Bourrichon, qu'est-ce que tu vois ?

Une lumière surgit dans un coin de la pièce et sur la paroi apparut la salle de bal du palais d'Abdine, avec sa foule d'invités qui hurlaient et couraient de tous les côtés. Puis l'image devint toute rouge et s'éteignit d'un coup.

– Qu'est-ce qui se passe ? murmura Dupré, mais Mlle Bourrichon le fit taire avec un « chut » rapide.

Maintenant des pavés défilaient sous les jambes d'un cheval. C'était à peu près la vision qu'aurait eu une personne jetée la tête en bas en travers d'une selle.

– J'ai été enlevé ! balbutia Bourrichon.

Les pavés furent remplacés par de l'eau, qui courait sous le bord d'une barque. Ils entendirent le bruit des rames qui frappaient l'eau en cadence, et le souffle d'un rameur qu'on ne voyait pas. La barque entra dans un fourré de cannes et de joncs et s'arrêta. L'image s'éteignit encore une fois.

– Où étais-tu, papa ? demanda à voix basse Mlle Bourrichon.

– Je ne sais pas.

– Essaye de voir. Essaye de voir, je t'en prie !

Sur la paroi se matérialisa l'image de deux jolies femmes, légèrement vêtues, qui riaient aux éclats. Leurs voix semblaient venir de distances sidérales :

– Regarde ça, Mimith ! L'homme nous a amené Bourrichon !

– Quel idiot ! Que veux-tu que nous fassions de lui, homme ? Qu'on le dérouille ? s'esclaffait sa compagne.

– Il ne sert à rien, ton Bourrichon. Ce n'est pas lui qu'il nous faut. Ramène-le où tu l'as trouvé ! cria Pandil.

– Même mort, il ne sert à rien ! renchérit Mimith.

Et Pandil de brailler :

– Nous voulons du sang jeune, homme ! Du sang innocent. N'est-ce pas, Mimith ?

– Oui, c'est ça. Nous voulons des jeunes filles. Des enfants. Des bébés !

L'image disparut.

– Attends, papa. Attends ! demanda Mlle Bourrichon. Essaye de voir où tu étais !

La figure de Bourrichon était couverte de sueur. Il serra les paupières, fit une grimace, et sur le mur trembla l'image d'une île plate, couverte d'une végétation sauvage. Cela ne dura qu'un instant, mais Rami avait parfaitement reconnu l'endroit.

Bourrichon était épuisé. Omm Hammouda courut lui apporter une tasse de *sahlab*, un breuvage typiquement égyptien qui aurait réveillé une momie. Le savant le prit avec gratitude, le sirota lentement, et quelques couleurs apparurent sur ses joues. Quand il se fut suffisamment remis, Alain Dupré lui posa encore une fois la question :

– Qui sont Mimith et Pandil ?

Ignace Bourrichon se passa un mouchoir sur la figure :

– Donnez-moi le temps de me remettre, Alain. Vous êtes toujours pressé !

Le directeur devint tout rouge :

– Écoutez-moi, Bourrichon, votre réticence commence à m'énerver. Votre manie de remettre toujours à plus tard vos réponses nous cause des tas d'ennuis. Si vous nous aviez tout raconté dès le premier jour – je dis bien tout – au sujet du Talisman, Hàder et le reste, nous ne serions pas là à tâtonner dans le noir et à faire des ronds dans l'eau.

– L'eau ! L'eau ! s'écria Bourrichon. Je me souviens, maintenant : j'étais dans un endroit entouré d'eau !

– Bon. Et après ?

– J'étais avec un Mexicain. Un petit homme très brun qui me parlait en espagnol, une langue que je connais parfaitement, et qui me posait des questions.

– Quelles questions ?

– Sur le grimoire, le Feu de Hàder et ces choses-là. Tout à fait comme vous, Alain. C'est une véritable obsession que vous avez tous !

– Qu'est-ce que vous lui avez dit ?

– Rien de bien important. Nous avons été interrompus

par ces deux femmes, jolies, en vérité, bien qu'un peu… communes. Elles ont parlé avec le Mexicain dans une langue étrange. Comment dites-vous qu'elles s'appelaient ?

– Mimith et Pandil.

– C'est ça. Eh bien, mon cher Dupré, je n'ai pas la moindre idée de qui elles peuvent être. Mais je peux vous dire ce que je soupçonne.

– Dites-nous donc ce que vous soupçonnez, Ignace ! reprit Dupré avec une infinie patience.

– Je pensais que l'auriez compris tout seul : ce sont des forces malignes, qui se nourrissent de sang. Je crois les avoir entendues réclamer du sang.

– Des vampires ?

Bourrichon se mit à rire.

– Eh non, mon ami. En comparaison, les vampires sont des enfants de chœur.

Le directeur se leva et se mit à marcher à grands pas dans la pièce. Il était sur le point de perdre le contrôle de ses nerfs. Quand il se fut suffisamment calmé, il s'arrêta et se tourna vers le savant :

– Récapitulons un peu, Bourrichon. Vous avez été enlevé, vous avez rencontré un Mexicain et deux sorcières ; vous vous en êtes sorti par miracle. Puis vous êtes revenu, la tête embrouillée. On vous a soigné et vous avez repris vos esprits. Et maintenant vous refusez de nous dire pourquoi on vous a enlevé et où se trouve la cachette de ces monstres. Vous continuez à garder vos secrets pour vous ! De plus, on dirait que ça vous amuse ! Ignace, je suis navré de vous dire que vous m'avez déçu, et qu'à partir de ce jour Rami, Hammouda et moi nous nous passerons de votre aide. Veuillez m'excuser.

Le directeur sortit furibond du petit salon et alla s'enfermer dans la bibliothèque. Les autres se regardèrent, puis tous se levèrent en silence et disparurent dans différents endroits du palais.

Une lueur rouge balaya rapidement les arabesques délicates du moucharabieh et la petite Nefissa se réveilla. Tout était silencieux dans le palais de Khorched pacha, mais elle avait parfaitement entendu une voix qui l'appelait et se leva prestement. Elle enfila sa robe, se couvrit les cheveux du voile rose des servantes, mit ses babouches et sortit tout doucement de sa chambrette.

A l'étage des domestiques, tout le monde dormait. A travers les vitraux, le clair de lune illuminait la volée d'escaliers qui conduisait au rez-de-chaussée. Nefissa descendit rapidement, sans faire de bruit, et ouvrit la porte d'entrée. Les deux janissaires qui la gardaient jour et nuit étaient debout à leur poste, mais ils ressemblaient plutôt à deux statues de cire qu'à des êtres vivants. Nefissa passa entre eux sans qu'un muscle de leur face ne bouge, comme s'ils ne l'avaient pas vue. Le jardin s'étendait devant elle, désert et silencieux, mais la jeune fille savait qu'elle devait se rendre à l'embarcadère. Elle traversa en courant la pelouse, piétina quelques plates-bandes, et se trouva bientôt sur la vaste terrasse en marbre d'où une série de marches conduisait vers l'eau. Là elle s'arrêta, tandis que des images rapides se formaient dans sa tête et des voix résonnaient à ses oreilles.

Elle vit un monsieur – le directeur, ainsi qu'on l'appelait – qui se penchait vers elle et qui lui disait : « Hé-hé. Bonjour, Nefissa. Tu te souviens de moi ? » et Rami, son ami Rami, qui la regardait avec des yeux effrayés et murmurait : « Nefissa, tu m'as oublié ? »

Ce garçon avait dit autre chose aussi, mais elle ne s'en souvenait plus. Qui était Rami ? Nefissa serra son front entre ses mains. Pourquoi ne parvenait-elle pas à fixer ses souvenirs ? Pourquoi ses pensées ressemblaient-elles au brouillard inconsistant du matin, aux floches du coton qui volent dans le vent après la récolte ?

Dans le clair de lune, Nefissa vit une barque qui glissait silencieusement vers elle sur la surface du Nil, et elle descendit les marches de l'embarcadère pour s'apprêter à y monter.

Il faisait bon sous la tonnelle, où soufflait une douce brise nocturne, parfumée de jasmin. Rami s'assit sur un banc, les coudes posés sur la table et la tête entre ses mains. Avec leurs discussions interminables et inutiles, les grandes personnes commençaient à le décevoir. Peut-être le moment était-il venu de faire quelque chose par soi-même, sans rien attendre de personne. Oui, mais quoi ? Que pouvait-il faire pour calmer l'angoisse qu'il éprouvait chaque fois qu'il pensait à Nefissa ?

Comme s'il avait capté ses pensées, Ringo s'approcha silencieusement de lui, posa son museau sur ses genoux et leva vers lui ses yeux dorés. Ces yeux semblaient vouloir lui dire quelque chose, mais Rami avait grandi et n'était plus capable, comme autrefois, de comprendre tout à fait leur langage. Pourtant, à mesure que ce regard s'attardait, le jeune garçon sentait croître dans son esprit l'insatisfaction et l'impatience. Ringo lui communiquait le désir d'être ailleurs, de briser l'inertie des adultes, qui manquent souvent de fantaisie et de courage. Le chien lui mordilla une manche et poussa son genou avec la pointe de son museau : la mimique qu'il employait quand il voulait l'inviter à le suivre.

– Laisse-moi, Ringo. Où veux-tu que j'aille ? dit Rami, découragé.

Il n'avait pas envie de bouger, rien ne l'intéressait, sauf Nefissa. Or Nefissa vivait dans un palais inaccessible et l'avait oublié.

Ringo posa une patte sur sa cuisse et lança un bref jappement.

– L'amulette ! se dit Rami.

Si l'amulette avait pu faire recouvrer sa mémoire à Bourrichon, probablement elle aurait fonctionné aussi pour dissiper l'envoûtement de Nefissa. Une vague d'excitation parcourut son corps : il se dirigea en courant vers le palais, suivi par le chien. Ils grimpèrent quatre à quatre l'escalier et entrèrent en coup de vent dans la chambre de Hammouda.

– Hammouda, je veux ton amulette.

– Pour quoi faire ?

– Ne pose pas de questions, je la veux et voilà tout.

– C'est pour Nefissa, n'est-ce pas ?

Rami ne s'arrêta pas à évaluer l'intelligence soudaine de Hammouda :

– Oui, c'est pour Nefissa.

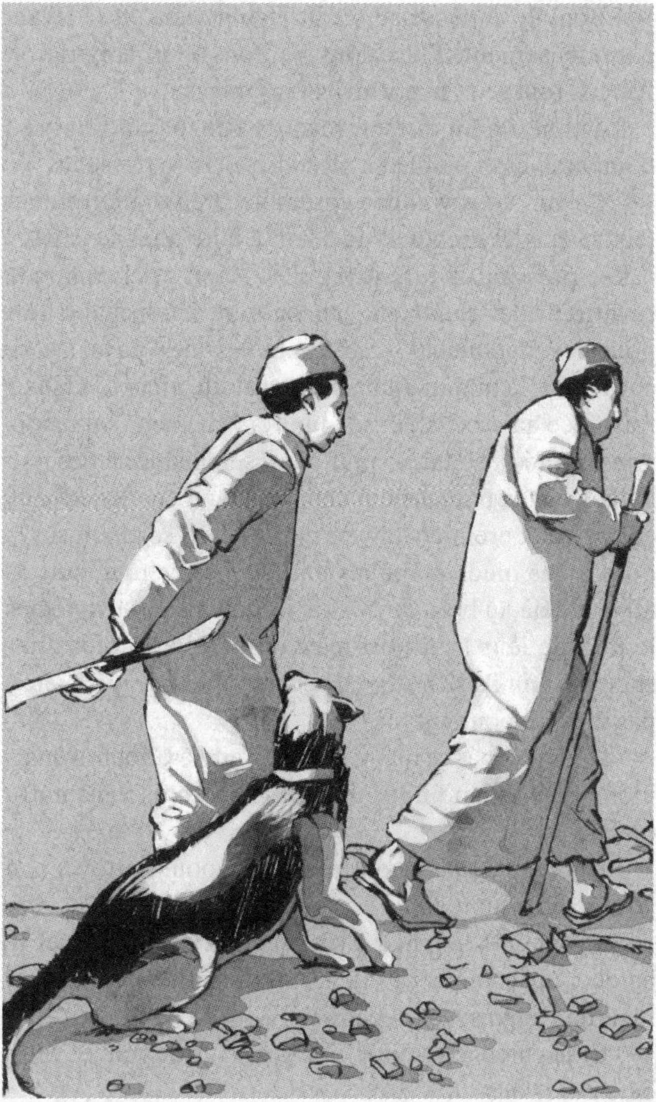

– Bon, j'y ai pensé aussi, dit Hammouda en se levant paresseusement. Mais nous y allons tous, toi, moi et Ringo. Tout seul, tu n'y arriveras jamais.

Rami hésita un instant, regarda Ringo qui frémissait d'impatience et paraissait attendre aussi sa décision.

– Ça va. Nous y allons ensemble. J'en ai marre d'attendre que les grands se décident à faire quelque chose !

Les préparatifs furent rapides. Rami et Hammouda revêtirent des *gallabieh*, échangèrent leurs chaussures pour les babouches traditionnelles des paysans, se couvrirent la nuque d'une petite calotte en coton blanc, travaillée au crochet, et se munirent chacun d'un bâton. Ainsi attifés, ils étaient tout à fait semblables à des milliers d'autres paysans qui chaque jour s'en allaient aux champs aux premiers rayons du soleil. Ils sortirent sur la pointe des pieds du palais endormi, et vers minuit ils étaient déjà au bord du Nil, où ils débattirent longtemps le prix de leur transport avec un batelier plutôt grincheux. Enfin ils se mirent d'accord, mais le *rayes* n'était pas satisfait pour autant.

– Je ne vois pas ce que vous allez faire à Choubra, marmonna-t-il, quand nous manquons de bras dans notre région.

– Khorched pacha nous a engagés pour nettoyer son jardin, dit Hammouda.

Le nom de Khorched pacha sembla impressionner le batelier qui commença à délier sa voile. Puis il s'arrêta et regarda Ringo avec aversion :

– Et le chien ? Quel besoin avez-vous de traîner cette bête avec vous ?

– Le chien ? Le pacha nous a demandé un chien de garde, nous allons le lui vendre. Ça nous rapportera des sous, dit Rami en rougissant.

Il avait horreur de mentir mais, pour sa chance, la nuit était trop noire pour que le *rayes* puisse s'apercevoir des changements inopinés de son teint.

– Nous devons être au palais avant l'aurore, dit Hammouda.

– *Inch Allah !* grogna le batelier, et il dirigea sa felouque vers le centre du fleuve.

Tout à coup le vent gonfla la voile, la grosse barque se pencha en gémissant, puis elle se redressa et bondit vers le nord.

17
L'île aux Serpents

Dupré, Bourrichon et Mademoiselle sa fille se retrouvèrent très tôt le lendemain matin autour de la table du petit déjeuner, sur laquelle Marzouk avait déposé les journaux du matin. Le directeur lui avait ordonné de les acheter chaque jour pour suivre la situation qui lui paraissait particulièrement grave. Dupré s'excusa auprès de ses invités et parcourut rapidement les principaux titres, qui parlaient encore de l'écroulement de la galerie du palais d'Abdine et de ses conséquences politiques. Lord Cromer s'était empressé de publier une note officielle contre les responsables de la sécurité du palais, mais on lisait clairement entre les lignes des sous-entendus qui faisaient de l'incident un complot d'Abbas II pour se débarrasser de tout un lot de ministres favorables à l'Angleterre.

« Je remercie le Tout-puissant – concluait Lord Cromer – d'avoir épargné nos bons amis, contrairement à ce qui s'est passé il y a près d'un siècle, quand Mohammed Ali a éliminé d'un seul coup, à la Citadelle, les princes mamelouks qui entravaient ses visées impérialistes. »

– L'ordure, s'écria Dupré. Faire une comparaison entre cet ange d'Abbas et son aïeul !

Plus loin, en bas de page, on parlait d'un violoniste de l'orchestre du khédive retrouvé mort à son domicile. L'autopsie avait conclu à un accident : le violoniste était tombé d'un tabouret en essayant d'accrocher un tableau et s'était cassé le cou. Cette nouvelle, qui pourtant les intéressait de près, passa tout à fait inaperçue.

Bourrichon parcourait un autre quotidien et un titre le fit tiquer :

– Regardez ça, Dupré !

« Disparition mystérieuse de deux enfants à Roda », disait le titre. Un autre article parlait de six jeunes élèves d'une école de Boulac qui n'étaient pas rentrés chez eux, puis de trois fillettes bédouines de Maadi qui avaient disparu sans laisser de trace.

– Vous ne trouvez pas ces disparitions un peu trop nombreuses, Dupré ?

– Oui, c'est étrange. Qu'en pensez-vous ?

– Ça me chiffonne, Dupré. Ça m'inquiète, et je vous dirais presque…

Il n'eut pas le temps de s'expliquer davantage, car omm Hammouda entra en hurlant que son fils, son bébé, son petit Hammouda n'avait pas dormi dans sa chambre, il était parti. La vieille femme était hors d'elle et il leur fallut du temps pour comprendre que Hammouda n'était pas parti seul, mais que Rami et Ringo aussi manquaient à l'appel.

– Tranquillisez-vous, dit Dupré à la pauvre femme qui pleurait à chaudes larmes. Rami et Hammouda savent se débrouiller, Ringo est avec eux... Et puis, votre fils n'a-t-il pas votre amulette ?

Omm Hammouda se remit à hurler :

– Non, il ne l'a pas !... Il l'a laissée dans la poche de son pantalon !

Omm Hammouda s'effondra entre les bras de Bourrichon et Mlle Bourrichon courut chercher des sels. La vieille femme renifla, éternua et se remit à crier :

– Si vous savez où ils sont, monsieur, dites-le moi, j'irai les chercher... Il ne faut pas qu'ils se promènent comme ça, sans protection, les goules les tueront pour boire leur sang !

Bourrichon la saisit par le bras :

– Que savez-vous des goules, madame ? Parlez, il y va de la vie de votre fils, et de Rami, et même de Ringo, bien que je ne sois pas sûr que les goules boivent du sang de chien.

Omm Hammouda se calma instantanément et regarda Bourrichon avec étonnement :

– Comment ? Un savant comme vous ne connaît pas les goules ?

– Heu... vous savez... nous connaissons surtout nos monstres à nous. Je dois vous avouer que je ne connais pas bien les vôtres.

– Les goules, commença omm Hammouda avec une voix cauteleuse, sont des monstres qui se nourrissent du sang des enfants. Elles prennent des apparences différentes. Parfois ce sont des belles dames peu vêtues, parfois des chiens enragés, parfois encore des chauves-souris énormes qui plantent leurs griffes dans vos cheveux et vous mordent le cou. Mais vous les connaissez, monsieur. Vous les avez vues, hier soir, quand nous étions assis à table et qu'elles ont paru sur le mur !

– Omm Hammouda, intervint Dupré sévèrement, pourquoi vous ne nous avez pas dit tout de suite que c'étaient des goules ?

– Parce que vous, les beaux messieurs, vous vous moquez de nous, les paysans, quand nous vous parlons des forces mauvaises. J'ai bien vu la tête que vous faisiez le jour où j'ai encensé cette maison !

Aux premières lueurs du jour le palais rose de Khorched pacha surgit derrière un bouquet de flamboyants. En face, l'île aux Serpents ressemblait à un immense radeau couvert d'une végétation touffue. Rami fit signe au batelier.

– Tu peux nous laisser sur l'île.

Le *rayes* se tourna vers lui, la figure encore plus mauvaise que d'habitude :

– Quelle île ? Celle-là ? Tu peux y aller à la nage, si tu veux, mais je n'accosterai jamais à cet endroit maudit.

Il donna un grand coup de gouvernail et la felouque se dirigea à toute vitesse vers le jardin de Khorched pacha.

– Tu voulais le palais du pacha, le voilà. Descendez sans faire d'histoires, vous et votre chien, et bon débarras.

Hammouda, Rami et Ringo sautèrent dans l'eau basse et se hissèrent sur la rive. La felouque était déjà loin, comme si elle était impatiente de s'éloigner d'eux.

– Ouf, quel caractère ! dit Rami.

– Peut-on savoir pourquoi tu voulais aller sur l'île ? demanda Hammouda.

– Je ne sais pas, c'est une idée qui m'a pris comme ça, tout à coup.

Autour d'eux le jardin était splendide et désert.

– Faisons semblant de travailler, conseilla Rami.

Ils s'accroupirent près d'une plate-bande et commencèrent à arracher par-ci par-là les quelques mauvaises herbes qui s'y trouvaient. Entre-temps, ils observaient attentivement les fenêtres du palais rose, pour essayer d'y déceler un signe de vie.

– Nefissa est sûrement dans le quartier des femmes. Mais où se trouve le quartier des femmes ?

Ils se glissèrent à croupetons d'une plate-bande à l'autre et se retrouvèrent ainsi du côté de la porte d'entrée.

– Tu crois que Monsieur H. et ses amis sont toujours là-dedans ? demanda Hammouda.

– Non. Ils sont sur l'île, en face.

– Et comment le sais-tu ?

– C'est là que Monsieur H. a emmené Bourrichon. J'ai reconnu l'endroit pendant la séance.

– Et tu voulais aller te jeter dans la gueule du loup !

A ce moment une fenêtre s'ouvrit et une voix de femme appela :

– Nefissa ! Nefissa ! Où es-tu ?

Personne ne répondit et la voix se remit à crier :

– Hassanein ! Metwalli ! Gouda ! Où est Nefissa ? Allez la chercher immédiatement !

Les deux janissaires chamarrés passèrent en courant tout près de Rami et Hammouda dissimulés entre les fleurs.

– La *hanem** appelle.
– Elle cherche Nefissa.
– Tu l'as vue, toi ?
– Non. Et toi ?

Un domestique sortit du palais et se mit à parler avec les deux janissaires en gesticulant.

– Gouda ! criait la voix de la femme invisible, dis à Hassanein et Metwalli d'aller chercher Nefissa et de la sortir de dessous terre, si c'est nécessaire !

– *Hàder**, *ya hanem !* A vos ordres, madame ! crièrent à l'unisson les deux janissaires, qui s'élancèrent du côté opposé à celui où se trouvaient Rami et Hammouda.

– Il vaut mieux déguerpir. Ces deux-là vont faire le tour du jardin et finiront par nous trouver, dit Rami.

Puis il regarda Ringo et murmura :

– Ringo, où est Nefissa ?

Le chien agita la queue et se dirigea sans hésiter vers le Nil. Les deux garçons le suivirent jusqu'à l'embarcadère et se cachèrent derrière une statue en marbre qui représentait une nymphe.

– D'après Ringo, Nefissa est passée par ici. Où peut-elle être ? murmura Hammouda.

– J'ai un mauvais pressentiment, Hammouda. Un très mauvais pressentiment. Le même qui me poussait à aller sur l'île !

Rami se dressa à moitié et regarda l'île aux serpents qui s'étendait plate et solitaire au-delà d'un étroit bras du fleuve. Il se souvenait, maintenant. C'était l'île maudite sur laquelle un jour lointain, dans une autre vie, le Dépositaire des Secrets lui avait dit de ne jamais mettre les pieds. L'île avait changé, elle n'était plus recouverte de palmiers et de maisons blanches et impénétrables, mais Rami reconnaissait ses contours et surtout l'étrange appel qu'elle semblait lui lancer.

– Il faut aller là-bas, Hammouda.

Hammouda fit une grimace.

– Cet endroit est horrible, lança Hammouda.

– Oui, je reconnais qu'il n'est pas accueillant, mais je suis sûr que c'est là que se trouve Nefissa.

Ils étaient sur le point de se glisser tout doucement dans l'eau, quand une voix féminine retentit à leurs oreilles :

– *Ay-yaaaa*! Des hommes! Que faites-vous ici?

Les demoiselles Khorched se tenaient debout devant eux, tout émoustillées. Hammouda poussa un hurlement et tomba à la renverse.

– Seigneur! Les goules! balbutia-t-il, en cherchant frénétiquement l'amulette sous l'étoffe de sa *gallabieh*.

Melek avait reconnu Rami et souriait horriblement?

– Oh, monsieur, vous êtes venu me voir?

Gulpinar renchérit :

– Je savais, j'étais sûre qu'on se reverrait!

– Le regrettable incident de l'autre soir nous a empêchés de danser, mais on peut toujours y remédier, gloussa Melek.

– Nous avons un gramophone.

– Nous ferons une petite fête privée.

Terrorisé, Hammouda toucha la manche de son ami :

– Rami, je n'ai pas l'amulette. Elles vont nous sucer le sang!

– Tais-toi, ce sont les filles de Khorched pacha.

Rami se leva et fit une parfaite courbette :

– Mes hommages, mesdemoiselles. Permettez-moi de vous présenter mon ami Hammouda.

– Enchantées ! bêlèrent ensemble les demoiselles Khorched.

– Mais oui, ajouta Melek. Il me semble bien vous avoir entrevu au bal. Vous étiez trop occupé à sortir les blessés des décombres pour nous remarquer, n'est-ce pas ?

Gulpinar battit des paupières :

– Hammouuuuda ! souffla-t-elle Quel beau nom. Romantique ! Allons, venez, nous allons vous présenter à maman.

– Votre maman ! Oh non, nous ne sommes pas habillés.

– Vous êtes superbes ! trancha Gulpinar, la *gallabieh* vous va si bien !

Ringo les regarda s'éloigner, prudemment caché dans un massif.

Ils se trouvaient maintenant à l'intérieur du palais Khorched, où régnait la plus grande confusion à cause de la disparition de Nefissa. Des domestiques fouillaient partout, tandis que Mme Khorched lançait des ordres contradictoires à droite et à gauche. Ses filles lui présentèrent Rami et Hammouda comme « des amis de papa », et elle devint à l'instant tout sucre et miel. « Papa », pour sa part, était à Abdine, dit-elle, en conférence avec le khédive.

Un thé somptueux fit son apparition et fut très apprécié par les garçons qui mouraient de faim.

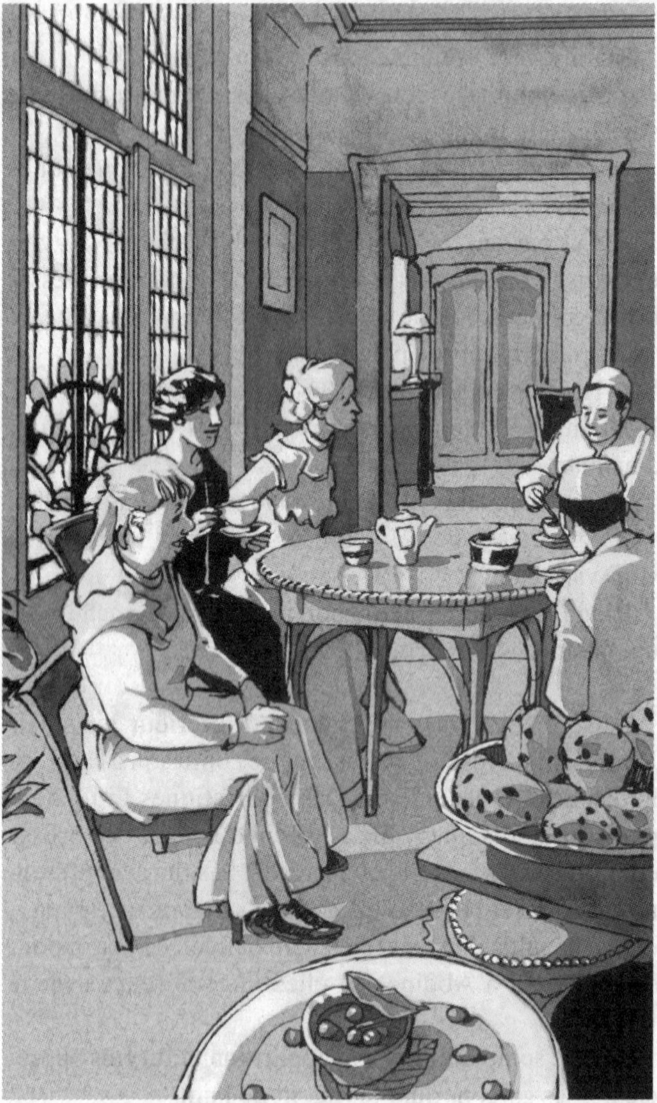

– Je vois que vous cherchez quelqu'un, dit enfin Rami, après avoir avalé une énorme tranche de gâteau.

– Oui, Nefissa, notre servante. Elle a disparu depuis ce matin, expliqua Melek.

– C'est drôle ! s'exclama Gulpinar, ces jours-ci les journaux sont pleins de personnes disparues. Des enfants, des jeunes filles. On dirait que c'est la mode.

Elle plissa sa figure dans le sens de la largeur et émit une série de caquètements saccadés, ce qui était sa manière de rire. Hammouda faillit s'évanouir d'épouvante, mais parvint à se contrôler.

– Nous pourrions vous aider à la retrouver, proposa Rami. Comment était-elle habillée ?

Mme Khorched haussa les épaules.

– Comme d'habitude. Elle portait la robe rose de nos servantes, et un petit gilet ton sur ton. Et son voile rose, avec des pompons dorés.

– Tiens, dit Hammouda, nous avons vu une fille habillée comme ça qui marchait le long du Nil.

– En quelle direction ? s'enquit Mme Khorched.

– Vers le sud, dit Rami.

– Vers le nord, ajouta Hammouda en même temps.

Ils se levèrent comme un seul homme :

– Allons la chercher. On vous la ramènera, mesdames !

– Où allez-vous ? protestèrent les demoiselles Khorched. Nous voulons danser !

Leur mère les fit taire promptement :

– Silence ! Que ces messieurs retrouvent Nefissa, d'abord ! Vous savez bien que je ne peux pas me passer d'elle.

Et elle expliqua abondamment, en accompagnant les deux garçons à la porte, que Nefissa la coiffait, l'habillait, lui massait les épaules quand elle était tendue, la faisait rire quand elle était de mauvaise humeur. En bref, elle était indispensable, irremplaçable, unique. Rami était d'accord, mais ne fit aucun commentaire.

– Nous aurions besoin d'une de vos barques, pour aller plus vite, demanda-t-il.

– Prenez celle que vous voudrez. Mais ramenez-moi Nefissa !

– Nous vous attendons ! miaula Melek en agitant la main.

– Ne tardez pas ! exhala sa sœur Gulpinar, l'air languide.

Rami et Hammouda détalèrent à toutes jambes dans la direction du rivage, où Ringo les attendait. Ils détachèrent la plus petite parmi les barques amarrées à l'embarcadère, et ramèrent sans bruit vers l'île aux Serpents.

18
Le voile rose de Nefissa

– J'ai cru t'entendre dire que tu n'avais pas l'amulette.
– Je ne la trouve pas. J'ai dû la laisser à la maison.
– Hammouda, ce n'est pas le moment de plaisanter.
– Mais je ne plaisante pas !
Hammouda arrêta de ramer et baissa la tête.
– Je l'ai oubliée dans la poche de mon pantalon !
Rami réprima l'envie de lui adresser des reproches. L'île n'était plus qu'à quelques encablures. Que faire ? Tout son être se hérissait à l'idée de mettre le pied sur cette rive marécageuse, encombrée d'une végétation féroce et hostile, sans la protection de l'amulette. Mais l'idée que Nefissa pouvait être en danger de mort, prisonnière d'un ou plusieurs hommes ou de forces mystérieuses, lui faisait oublier toute prudence et le poussait de l'avant. Il n'en était pas de même pour Hammouda, qui sentait déjà son estomac se rétrécir et sa langue se dessécher. Cependant il se serait fait couper en quatre avant d'avouer qu'il avait une peur bleue.

– Je me demande comment nous allons délivrer

Nefissa de l'envoûtement, sans l'amulette de ta mère, grogna Rami.

– L'important, c'est de la sortir d'ici. On verra après, dit Hammouda d'une voix morne.

Fatigué par toutes ces palabres, Ringo sauta à l'eau et nagea vers la rive. Hammouda se hâta de donner les quelques coups de rame qu'il fallait pour pénétrer entre les tiges de papyrus et toucher terre.

Ils entendirent Ringo qui pataugeait entre les plantes et le suivirent. Le chien les conduisit sur un sentier qui pénétrait à l'intérieur de l'île. Des gens étaient déjà passés par là ; ils pouvaient voir distinctement, à droite et à gauche, les traces des coups de machette qui leur avaient permis de se frayer le chemin à travers la végétation. Ils marchèrent ainsi pendant quelques minutes en essayant de faire le moins de bruit possible. Enfin ils aperçurent devant eux une petite clairière, au milieu de laquelle surgissaient des ruines.

– Voici ce qui reste des maisons, murmura Rami.
– Qu'est-ce que tu dis ?
– Rien. J'ai… j'ai rêvé une fois de cet endroit.

Ils parlaient à voix très basse pour ne pas se faire entendre, mais Ringo n'était pas animé du même esprit de prudence et commença à éternuer, à aboyer et à courir en rond dans la clairière comme pour leur dire : « Venez, il n'y a pas de danger ! » Le chien avait retrouvé deux ou trois odeurs familières, mais elles étaient recouvertes par un parfum bizarre, un mélange d'encens et de bergamote qui ne lui permettait pas de les reconnaître avec certitude.

Les deux garçons sortirent du fourré et s'approchèrent des ruines. Les crues successives du Nil avaient laissé sur les vieux murs des lignes parallèles, tout près du sol : même pendant les inondations les plus fortes, les maisons de l'île aux Serpents restaient sans doute partiellement hors de l'eau.

– Viens, j'ai trouvé quelque chose, appela Hammouda.

Il avait découvert en fait l'entrée du sous-sol. Ils se glissèrent à l'intérieur et avancèrent dans une demi-obscurité sur la vase humide, où ils virent de nombreuses traces de pas. Impatienté, Ringo galopa vers le fond et revint en tenant entre les babines un voile rose avec des pompons dorés. Rami le prit, le désespoir au cœur.

– Le voile de Nefissa !

Quand leurs yeux se furent habitués à l'obscurité, ils s'aperçurent que le sous-sol était jonché d'autres objets : une grosse bouteille, des bouts de papier, des couvertures sales, deux vieilles chaussures, des restes de nourriture couverts de mouches. Récemment trois ou quatre personnes avaient vécu dans cet endroit, y avaient mangé, bu et dormi, mais elles n'y étaient plus.

Rami et Hammouda se regardèrent.

– Et maintenant ?

Rami se tourna vers Ringo :

– Cherche Nefissa, Ringo ! Cherche !

Le chien pencha la tête de côté et le regarda perplexe : n'avait-il pas rapporté le voile ?

– Non, le voile ne suffit pas, expliqua Rami. Je veux Nefissa, pas son voile ! Le chien s'élança à l'extérieur et à partir de ce moment ce fut une course effrénée derrière

Ringo qui zigzaguait comme un fou à travers les buissons et les saules pleureurs, les ronces et les bambous. Des centaines d'oiseaux s'envolèrent en jacassant, des silhouettes furtives leur glissèrent entre les jambes, des milliers de grenouilles affolées jaillirent sous leurs pas. Enfin, au bout d'un quart d'heure épuisant, ils se trouvèrent à nouveau tous les trois dans la clairière aux ruines.

Rami essuya la sueur qui lui inondait la figure :

– Nefissa a essayé de s'enfuir, ils l'ont rattrapée et ramenée ici.

– Je crois que tu as raison.

– Puis ils l'ont embarquée, et Dieu seul sait où elle se trouve maintenant.

– Cette fois Monsieur H. est trop fort, dit Hammouda avec rage. Trop fort ! Il a le Talisman, il a le grimoire, il a les goules de son côté ! Et nous, nous n'avons même pas l'amulette de ma mère !

Ringo leva la tête, renifla le vent qui avait changé de direction, puis découvrit ses dents et poussa un grognement. L'air qui venait du sud n'était plus imprégné de l'horrible parfum qui lui brouillait les idées : finalement une odeur d'homme frappait ses narines. Il la reconnaissait, c'était celle d'un ennemi, mais cet ennemi n'était plus en état de nuire. Le chien commença à trotter sans hâte vers l'orée de la clairière, puis se tourna vers ses amis. Rami et Hammouda le rejoignirent :

– Qu'est-ce que c'est, Ringo ?

Le chien tourna la tête vers le fourré et grogna encore une fois. Rami se baissa, se faufila sur quelques mètres entre les plantes et poussa un cri :

– Hammouda ! Viens voir !

Entre les ronces et les racines, un corps était étendu, très gros, très gras, et tout à fait immobile, la figure dans une flaque d'eau croupie.

Hammouda s'approcha à son tour.

– Rami, je connais ce type. C'est un des deux complices de Monsieur H., Walid. Je crois qu'il est mort.

– Tout ce qu'il y a de plus mort !

Pour la première fois ils furent littéralement submergés de terreur, au point de ne pouvoir bouger : l'île était bien l'endroit maléfique qu'ils avaient pressenti, l'enclave démoniaque où quelqu'un, sans un bruit, pouvait vous tordre le cou dans un fourré.

– Tu crois que c'est Monsieur H. qui a fait ça ? murmura Hammouda en claquant des dents.

– Je ne sais pas, Hammouda. Tais-toi !

Rami tendit l'oreille, il lui avait semblé entendre quelque chose, comme un sifflement, ou plutôt un râle : des serpents, peut-être. Ringo montra encore une fois les dents et recommença à avancer en rampant dans la végétation touffue.

– Oh, mon Dieu ! dit Rami, il a senti quelque chose d'autre !

Il était à peu près certain que le chien le conduisait vers le corps sans vie de Nefissa et cette idée lui coupait les jambes.

– Allons, Hammouda, suivons-le, dit-il, en faisant un effort énorme sur lui-même pour se remettre en marche.

Devant eux, les papyrus et les bambous avaient été écartés récemment et cela facilitait leur progression.

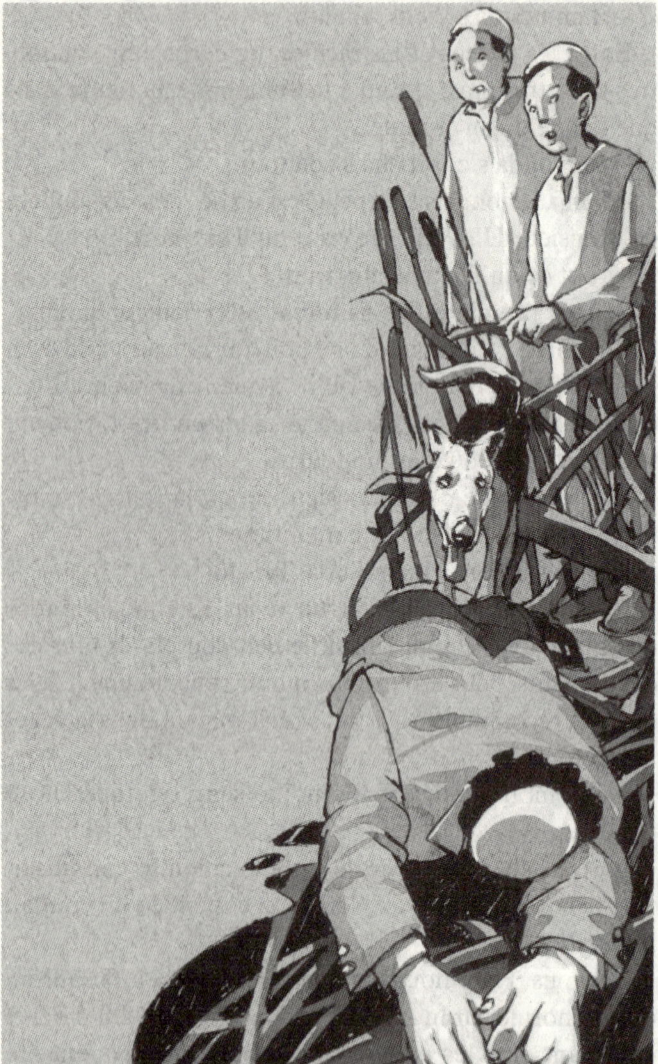

Au bout de quelques dizaines de mètres, les plantes devinrent tellement hautes et luxuriantes que la lumière du soleil se teignit de vert, comme dans un aquarium. C'est à cause de cet éclairage incertain que Rami et Hammouda ne reconnurent pas tout de suite l'homme emprisonné dans la végétation épaisse qui avait finalement arrêté sa course. Il était fiché entre les tiges comme une marionnette disloquée et sur le dos de sa chemise il y avait une grande tache rouge. Ringo commença à aboyer avec une fureur inouïe.

– Qui est-ce ? balbutia Hammouda.

L'homme tourna la tête et gémit faiblement, sans ouvrir les yeux. Rami écarquilla les siens démesurément :

– Hammouda, je crois… je crois bien que c'est lui !

Il fallut du temps aux deux garçons pour extraire Monsieur H. du fourré. Dès qu'ils l'eurent traîné dans la clairière, ils se hâtèrent de lui lier les pieds et les mains avec le voile de Nefissa, puis le transportèrent vers la barque et le déposèrent délicatement sur le fond. Ils n'étaient pas particulièrement bien disposés à son encontre, mais Armellini était le seul qui pouvait leur révéler où se trouvait leur petite amie, et ils n'avaient aucune envie de le voir mourir avant qu'il n'ait parlé. En fait Monsieur H. respirait avec difficulté, mais régulièrement, et ses blessures, un coup de couteau à l'épaule et une ecchymose sur la tempe, ne paraissaient pas mortelles.

Les deux amis ramèrent avec entrain vers la rive du fleuve. La barque étant trop petite pour contenir aussi

Ringo, le chien les suivait à la nage, et bientôt ils le perdirent de vue. Ils dirigèrent l'embarcation le plus loin possible du palais Khorched, puis Hammouda sauta à terre et courut appeler à l'aide. Il trouva un gardien soupçonneux qui se fit prier pour arriver jusqu'au fleuve, mais qui se mit à lancer de stridents appels avec son sifflet dès qu'il aperçut dans la barque le corps ligoté de Monsieur H.

– Oh, les assassins, oh, le pauvre monsieur ! criait le gardien à tue-tête.

Comme surgie du néant, une foule de badauds se forma immédiatement sur la rive. En vociférant et en se bousculant, des hommes s'emparèrent de Monsieur H. et le transportèrent en courant vers la route principale, tandis qu'un groupe d'énergumènes enserrait Rami et Hammouda. Les deux garçons essayaient en vain de s'expliquer :

– Laissez-nous, laissez-nous ! Cet homme est un criminel, il faut avertir la police.

– Nous allons te la donner, nous, la police ! criait la foule.

Moins de dix minutes après, Rami et Hammouda faisaient leur entrée au poste de Choubra, entourés d'une demi-douzaine d'hommes peu commodes qui les remirent aux policiers. Ils eurent beau expliquer que l'homme blessé retrouvé dans la barque était le fameux Monsieur H., le criminel que tout *chaouch** rêvait d'arrêter, personne ne les écoutait.

– Je ne parlerai que devant monsieur le *hakimdar* Farahat, dit enfin Rami, et Hammouda s'enferma dans un mutisme encore plus absolu. Les policiers leur rirent à la figure, leur donnèrent un certain nombre de claques et les jetèrent au fond d'une cellule malodorante.

Pendant ce temps, dans son lit d'hôpital, Henri Armellini recevait des soins appropriés, tandis que Ringo arrivait en trottinant devant le poste de police, s'asseyait sur le trottoir et réfléchissait sur la stratégie à suivre.

Khorched pacha, terriblement inquiet, faisait les cent pas sous les voûtes du palais d'Abdine. Le colonel O'Hara lui avait donné rendez-vous à onze heures, pour exécuter la première et la plus importante partie de leur plan. Il était onze heures et quart, et son ami n'avait pas paru. Pourtant tout était prêt, dans les moindres détails. Ils entreraient chez le khédive à onze heures trente exactement, O'Hara ferait fonctionner le Rubis, Abbas II serait frappé instantanément par une forme irréversible de confusion mentale et au bout de quelques jours son état de santé nécessiterait son éloignement définitif du trône. Toujours avec l'aide du colonel O'Hara et du Rubis, Khorched pacha s'emparerait du pouvoir, bouterait les Anglais hors de l'Égypte en brouillant le cerveau de leurs chefs, à commencer par Lord Cromer, puis se ferait nommer régent. Il donnerait en mariage sa fille aînée Gulpinar au colonel O'Hara, et les placerait sur le trône ; après quoi il se retirerait de la vie publique et consacrerait son temps à l'étude des sages du passé. Aucune préoccupation ne viendrait troubler ses jours, que de trouver un mari à sa cadette, Melek, mais pour l'instant Khorched pacha était trop préoccupé pour penser à ce détail. L'heure de l'audience approchait inexorablement, et O'Hara n'arrivait pas !

L'impatience faisait trembler les mains du vieil homme. Il se plaça près d'une fenêtre qui donnait sur la cour du palais, et épia anxieusement les visiteurs qui passaient le grand portail. Regardez-moi ça : de riches paysans, des nobles, des intellectuels, de simples artisans. La porte d'Abbas II était ouverte à tous, et tous étaient dupes de sa fausse bonhomie, de son hypocrisie traîtresse. Cela allait changer ! Oh, oui, ça allait changer ! Mais où était donc le colonel O'Hara ?

Un chambellan parut :

— Son Altesse le khédive vous attend.

Après un dernier regard désespéré vers la cour, Khorched pacha le suivit.

19
Ringo part à la rescousse

Ringo avait atteint la rive juste à temps pour voir des gens charitables qui hissaient le blessé dans un fiacre, puis il avait suivi les traces de Rami et Hammouda vers une bâtisse trapue, surmontée du drapeau égyptien : le poste de police. A ce moment le chien se sentit rassuré. Les postes de police étaient des endroits honorables et tranquilles, où ses amis étaient en sécurité. Ringo s'assit sur le trottoir.

Le temps passait, des gens entraient et sortaient du poste, mais Rami et Hammouda ne réapparaissaient pas. Le soleil tapait dur, et Ringo avait soif. Il se leva et alla se désaltérer à la fontaine d'un jardin public. Des enfants jouaient, des femmes étaient assises sur les bancs et bavardaient à voix basse, tout était calme, paisible, « normal ». Ringo se dit que ses amis n'avaient aucun besoin de lui et qu'il était temps de se remettre à la recherche de Nefissa, comme le lui avait demandé Rami.

Il piqua un sprint jusqu'au fleuve, et s'arrêta sur le rivage. Dans son cerveau se formait l'idée qu'en allant vers le sud il retrouverait la trace de la jeune fille ;

aujourd'hui, demain, ça n'avait pas d'importance, l'essentiel, c'était de la retrouver. Il avait encore dans le nez l'odeur du voile rose, qui avait réveillé en lui d'anciens souvenirs, une petite main tendue vers sa tête, un tout petit bout de fillette qui lui caressait le museau. Oui, il retrouverait Nefissa.

Ringo partit en trottinant le long du Nil, à travers les jardins et les tonnelles, les terrasses et les embarcadères. Au pied d'une haie, l'odeur de Nefissa lui parvint plus distinctement; elle venait d'une petite babouche rose, en assez mauvais état, abandonnée dans l'herbe. Vers midi, le chien arriva en face de l'île de Roda. C'est là, près du port fluvial, qu'il trouva un autre indice : un petit peigne en nacre qui portait encore entre ses dents un long cheveu de la jeune fille. Mais cette fois Ringo sentit pour la première fois une odeur détestable, que les effluves d'encens et de bergamote ne parvenaient plus à cacher. Ses poils se hérissèrent, son cœur battit la chamade. Il se revoyait dans un souterrain obscur, traqué par un homme méchant, pendant que la terre tremblait sous ses pattes et que le plafond craquait sur sa tête. Ringo s'aplatit au sol en haletant. La trace de Nefissa était très évidente, ici, mais elle était mêlée à celle d'un assassin.

Khorched pacha entra dans la salle des audiences et le khédive lui fit signe de la main.

– Venez, mon ami. Asseyez-vous. Vous êtes le président de mon Conseil privé, il est juste que vous soyez le premier à connaître la grave décision que je viens de prendre.

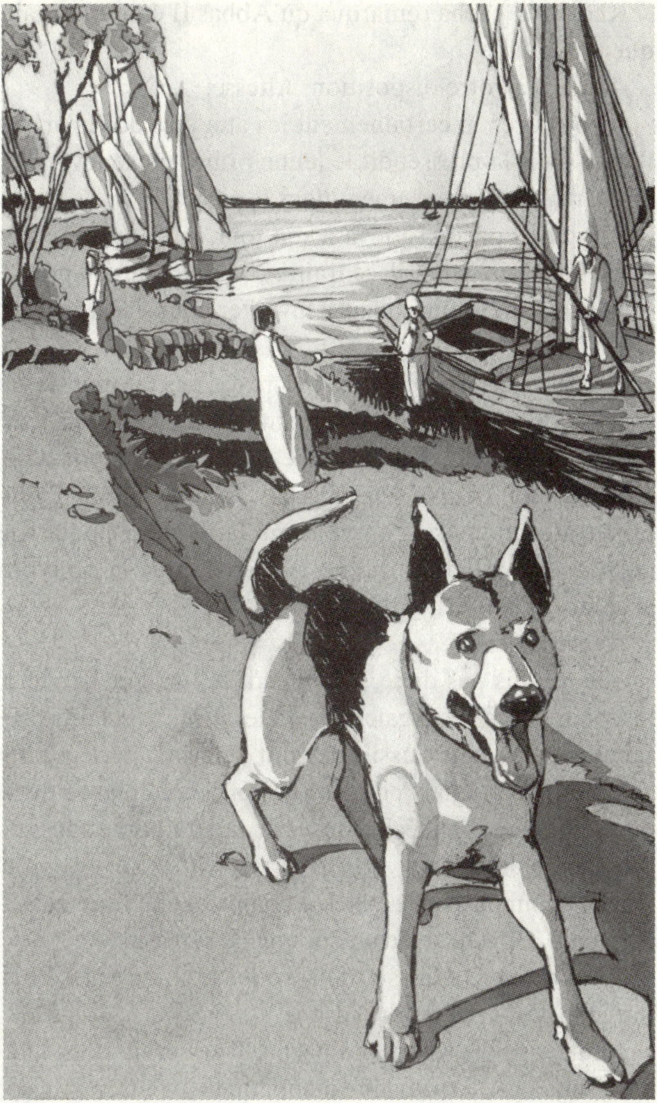

Khorched pacha remarqua qu'Abbas II était plus pâle que d'habitude.

– Je suis à votre disposition, Altesse.

– Vous avez lu certainement les attaques dont j'ai été l'objet dans la presse, dit le jeune prince en se levant et en marchant nerveusement dans la pièce.

Khorched pacha se leva à son tour, en le suivant des yeux. Que lui voulait-il, ce traître à la cause de son pays ? Quel autre mensonge allait-il inventer pour s'accrocher à son trône ?

– Je suis certain que vous ne croyez pas un mot de ce que les journaux ont insinué, continua Abbas. Mais leur acharnement m'a mis dans une position insupportable vis-à-vis mon peuple. On m'accuse d'avoir essayé d'éliminer mes ministres, on veut me faire passer pour un despote sanguinaire, qui ne recherche que le pouvoir absolu.

– Votre Altesse…

– Je ne suis pas dupe, Khorched. Je sais que derrière l'effondrement de la galerie il y a les services secrets britanniques. Je sais aussi que tout cela fait partie d'un complot des Anglais pour m'écarter ignominieusement du trône. Ainsi j'ai décidé de leur couper l'herbe sous les pieds, mon ami.

– Et comment votre Altesse compte-t-elle faire cela ? demanda le pacha avec une pointe de sarcasme.

– J'abdique. Je laisse mon trône. Je m'en vais. Plus tard, l'histoire me rendra justice.

« Zut ! » se dit Khorched pacha. Il se serait attendu à tout, sauf à cette trouvaille diabolique.

– Votre Altesse, je vous demanderai une seule chose, donnez-vous le temps de réfléchir, bredouilla-t-il, pris de court.

La décision inattendue d'Abbas allait à l'encontre de son plan, le réduisait à néant. Le peuple, dupe comme d'habitude, aimait son prince, et l'abdication d'Abbas n'aurait eu d'autre effet que de raffermir cette affection. Le khédive avait toutes les chances d'être ramené sur le trône par un soulèvement populaire.

– Je regrette, mon ami, dit le jeune prince. Ma décision est prise. Demain, dans la mosquée de l'Azhar, au moment de la prière du vendredi, j'annoncerai publiquement mon intention de quitter le trône. Jusque-là, je vous demande de garder le secret le plus absolu.

Khorched pacha sortit désemparé de la salle d'audience. Que faire? Il lui fallait à tout prix retrouver le colonel O'Hara et le mettre au courant. Mais où diable était-il, ce satané colonel? Son rendez-vous manqué faisait craindre qu'il ne lui soit arrivé quelque chose de très, très fâcheux.

Comme pour confirmer ses pensées, un secrétaire s'approcha et lui dit que le directeur de l'hôpital de Choubra l'avait appelé et le priait de rappeler d'urgence.

Dans leur cellule, Rami et Hammouda commençaient à trouver le temps long. Les heures passaient et le *hakimdar* Farahat n'avait pas paru.

– Quelle idée d'avoir appelé ce garde, dit Rami.
– Je ne pouvais pas savoir qu'il était si bête!
– Ni que le *hakimdar* Farahat se levait à midi!

– Si ce Farahat n'arrive pas, Monsieur H. risque de nous glisser encore une fois entre les doigts !

– Hum, grogna Hammouda.

Depuis une bonne demi-heure il éprouvait des sensations bizarres, comme des hallucinations très rapides qui le laissaient étourdi. Il avait mis ce phénomène sur le compte de la fatigue, mais maintenant il lui semblait entendre des voix et – comble de l'ironie – surtout la voix de sa bien-aimée, Mlle Bourrichon.

– Je ne me sens pas bien, dit-il. J'ai du bruit dans la tête.

– Quel genre de bruit ?

– Des voix. Des voix qui m'appellent !

– Eh bien, réponds ! dit Rami.

– Ne sois pas ridicule ! Tu me prends pour un fou ?

– Réponds ! insista Rami, c'est peut-être un appel du palais !

– Quoi ?

– Oui, un appel de nos amis. Ils sont sûrement inquiets, ils nous cherchent. Je suis certain que Bourrichon et sa fille essayent de se mettre en communication avec toi.

– Mais comment ?

– Télépathie, Hammouda.

– Télé… quoi ?

– Laisse tomber, et réponds !

– Comment ? Qu'est-ce que je dois faire ?

– Pense très fort à Mlle Bourrichon. Très, très fort !

Il ne fallait pas beaucoup d'efforts à Hammouda pour se concentrer sur sa dulcinée.

« Ma chérie, dit-il mentalement. Mon adorée ! Ma petite boule de glace à la crème ! »

A quelques dizaines de kilomètres de là environ, Mlle Bourrichon rougit visiblement et son père la regarda, inquiet.

– Alors ? Il répond ou non ?

Ils étaient assis dans le petit salon, Dupré, omm Hammouda, Bourrichon et sa fille, et même Marzouk et le *rayes* Atris, appelés à la rescousse pour renforcer la chaîne médiumnique.

– Il commence, papa, dit Mlle Bourrichon.

– Demande-lui où il est ! sanglota omm Hammouda.

– Où es-tu ? murmura Mlle Bourrichon.

Elle se concentra, secoua la tête, et reprit :

– Non, ce n'est pas ce que je désirais savoir. Non, Hammouda, ce n'est pas le moment !

Elle rougissait de plus en plus et Bourrichon s'agita :

– Qu'est-ce qui se passe, fifille ?

– Disons que… Hammouda est d'humeur romantique, papa.

– Dis-lui qu'il a tout le temps de l'être plus tard, mais que maintenant il doit nous dire où il se trouve. Où il se trouve, nom d'une pipe !

Mlle Bourrichon ferma les yeux :

– Hammouda, tu dois me dire où tu es en ce moment. Je veux te retrouver !

Elle pencha la tête de côté, sourit, puis finalement ouvrit les yeux et annonça triomphalement :

– Ils sont au poste de police de Choubra !

Marzouk courut préparer la voiture, tandis que omm Hammouda serrait Mlle Bourrichon dans ses bras à lui faire craquer les côtes :

– Merci, mon enfant, tu es une véritable *houri** pleurait la vieille femme éperdue de reconnaissance.

–Tiens, je veux te faire un cadeau, ajouta-t-elle en détachant de son cou une de ses nombreuses amulettes.

– Celle-ci, ajouta-t-elle en baissant la voix, est tout à fait spéciale, juste ce qu'il faut à une gentille jeune fille comme toi.

– Merci, dit Mlle Bourrichon. Mais à quoi sert-elle ?

– Tu le sauras, tu le sauras au bon moment, murmura omm Hammouda, les yeux brillants.

Au même instant, Khorched pacha arrivait à l'hôpital dans son carrosse lancé au galop. Le directeur vint à sa rencontre avec force courbettes, et lui dit qu'on avait trouvé dans les poches d'un blessé inconnu – probablement de nationalité britannique – des papiers qui portaient l'en-tête du palais Khorched. Il s'était hâté de téléphoner à Son Excellence, au palais d'Abdine, pour demander des instructions, mais entre-temps le blessé avait repris connaissance, avait insulté tout le monde et était parti.

– Où est-il, maintenant ? bredouilla Khorched pacha.

Le directeur de l'hôpital se plia en deux :

– Je l'ignore, Votre Excellence. Je sais seulement qu'avant de sortir il a… emprunté ma jaquette !

– Votre jaquette ? Pourquoi ? Il n'avait pas d'habits ? l ne portait pas un uniforme ?

– Oh, non, Votre Excellence. Il ne portait qu'une chemise tachée de sang et un pantalon passablement défraîchi. Oui, maintenant que j'y pense, ça pouvait être un pantalon d'uniforme, Votre Excellence.

Khorched pacha se fit décrire le blessé et ses blessures, puis se fit remettre les papiers qu'on avait trouvés sur lui et qui portaient l'en-tête de sa maison. C'étaient les plans complets du coup d'État, écrits en russe, une langue que le directeur de l'hôpital ne connaissait heureusement pas.

Khorched pacha retourna chez lui tout tremblant, et s'enferma à double tour dans son bureau. Sa femme et ses filles frappèrent en vain à sa porte. Elles voulaient lui faire part de la disparition de Nefissa et de la visite des élèves de M. Dupré, deux nouvelles sensationnelles, l'une mauvaise, l'autre permettant tous les espoirs. Le pacha n'ouvrit pas, ne répondit pas. Il n'avait aucune envie de se mêler de ces bêtises. Son cerveau ne faisait que se poser des questions obsédantes sur la véritable personnalité du colonel O'Hara, cet abruti qui se faisait poignarder dans la rue comme un vulgaire passant, et qui se promenait avec des papiers qui auraient pu les conduire tous les deux à l'échafaud. En fait, Khorched pacha sentait déjà autour de son cou la corde destinée aux traîtres, et le parquet, sous ses pas, ondoyait comme une trappe de potence prête à s'ouvrir. Son seul espoir, à ce moment, était que son complice succombe à ses blessures avant de commettre d'autres folies.

20
L'étrange métamorphose de Monsieur H.

Un homme se présenta au poste de police de Choubra et demanda à voir l'officier en charge. Il portait un bras en écharpe sous une jaquette noire dont il avait enfilé une seule manche, et marchait avec difficulté. Comme il avait tout de même l'aspect d'un monsieur important, on le fit passer dans le bureau du lieutenant chargé des affaires courantes.

L'homme s'assit en face de l'officier et croisa les jambes.

– A l'hôpital de Choubra, d'où je viens, on m'a appris que j'ai été retrouvé grièvement blessé dans une barque, en compagnie de deux jeunes garçons. J'ai su aussi que ces deux garçons ont été arrêtés et que vous les détenez ici.

– Qui êtes-vous, monsieur ? demanda le lieutenant.

– Je suis le colonel O'Hara, de Dublin. J'ai été sauvagement attaqué par un criminel qui m'a jeté à l'eau, et ces deux braves jeunes gens m'ont repêché et sauvé la vie. Vous devez les libérer immédiatement !

– Qui vous a attaqué, monsieur ?

– Je n'en sais rien et je m'en moque ! Tout ce que je veux, c'est que vous libériez mes sauveurs.

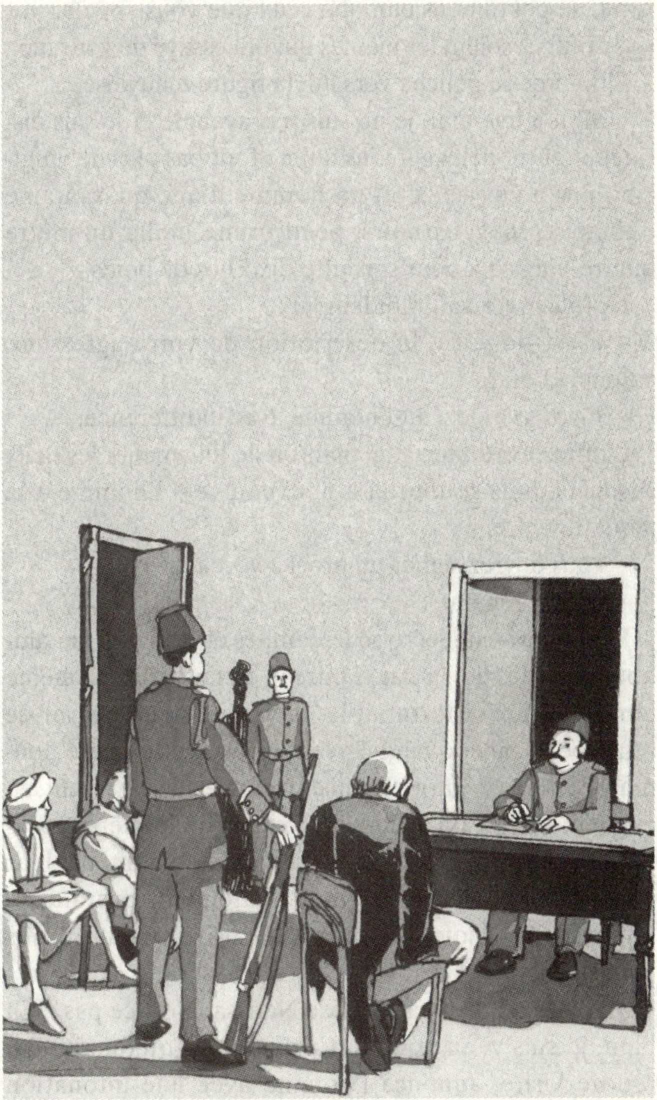

– Il se peut, monsieur, que ceux que vous appelez vos « sauveurs » soient les mêmes qui ont essayé de vous tuer.

L'homme se pencha vers lui, la figure mauvaise :

– Mon jeune ami, je ne suis pas aveugle et je sais distinguer entre deux garçons qui ne font pas plus de vingt-cinq ans à eux deux, et un homme d'une quarantaine d'années, cheveux noirs, peau brune, taille un mètre quatre-vingt-dix pour soixante-dix kilos de poids.

L'officier écrivait rapidement :

– C'est donc ça, la description de votre agresseur, colonel O'Hara ?

– Si vous voulez, dit l'homme avec indifférence.

L'officier ordonna à un planton de lui amener les deux suspects, puis se tourna à nouveau vers l'homme à la jaquette noire.

– Vous devrez signer un procès-verbal.

– Naturellement.

L'homme avait décroisé les jambes et attendait en tambourinant des doigts sur le bureau de l'officier. En même temps celui-ci se torturait les méninges pour essayer de se rappeler où et quand il avait déjà vu cette figure poupine, ce crâne dégarni. Rami et Hammouda entrèrent, en clignant des yeux à cause de l'excès de lumière, après l'obscurité de leur cellule. L'éblouissement ne leur permit pas de distinguer immédiatement les traits de l'homme à la jaquette noire, mais ils reconnurent très bien sa voix.

– Vous êtes bien les amis de Nefissa, n'est-ce pas ? Eh bien, je suis venu vous sortir d'ici pour qu'on aille lui rendre visite, annonça l'homme avec une intonation affectueuse. Il se leva, les prit par la main et serra très fort :

– Pas un mot, si vous voulez la sauver, souffla-t-il à leurs oreilles.

Puis le colonel O'Hara signa le procès-verbal que le jeune officier lui présenta et sortit du bureau en poussant devant lui Rami et Hammouda, muets d'étonnement.

Le batelier vira de bord et la felouque accosta. Nefissa débarqua sans un mot, en sachant que l'homme qui lui tenait fermement le bras l'aurait tuée sans hésiter si elle avait osé ouvrir la bouche. A part cela, son esprit troublé ne lui permettait pas de comprendre tout à fait ce qui lui arrivait. La veille, elle avait suivi la lumière rouge dans un endroit où la végétation sauvage obscurcissait la lune, elle avait marché entre les fourrés, et était arrivée finalement dans une clairière. Dans cet endroit régnait une grande confusion. Trois hommes criaient, se battaient, s'insultaient. Deux femmes étaient assises au bord de la clairière, et riaient aux éclats. Elle avait vu briller des couteaux, elle avait vu l'homme grand et maigre donner un coup de poignard à un autre, qui s'était enfui en trébuchant. Puis le grand maigre s'était tourné contre elle, son arme levée. Elle avait commencé à courir et avait continué à s'enfuir pendant un temps qui lui semblait interminable, au milieu des bambous et des ronces. Elle était tombée dans un marécage, l'homme l'avait rattrapée, lui avait lié les poignets, et l'avait traînée à nouveau vers la clairière.

– Laisse-la, avait crié une des deux femmes, laisse-la pour la Pleine Lune.

A ce moment, le troisième homme, un gros qui s'appelait Walid (elle connaissait son nom, soudainement) s'était élancé contre le maigre et l'avait empoigné. Les deux avaient roulé au sol en se donnant des coups féroces et en criant des gros mots, leurs figures déformées par la haine, tandis que les deux femmes, qui paraissaient ravies de les voir s'entredéchirer, trépignaient et applaudissaient. D'un coup, le gros s'était tu, avait fait quelques pas hésitants vers les fourrés, et était tombé comme une masse, la figure en avant.

– Bon débarras ! avait dit une des femmes. Comme ça, Ghelda, tu n'auras pas à partager le pouvoir !

Le soleil s'était levé. L'homme maigre l'avait poussée sans ménagements dans une petite barque à rames, et ils avaient traversé le bras du fleuve qui les séparait de la rive droite du Nil. Ils avaient marché longtemps, très longtemps, à travers des jardins déserts. Elle avait perdu une babouche au moment d'enjamber une haie, et le peigne qui retenait ses cheveux était tombé sur l'embarcadère public d'où ils étaient partis.

Ghelda. Oui, l'homme qui se tenait auprès d'elle s'appelait Ghelda, elle le connaissait bien. Mais où l'avait-elle déjà rencontré ?

Maintenant elle était étendue, bâillonnée et ligotée comme une dinde, dans un fourré de jeunes palmiers. L'homme maigre l'avait quittée, en lui disant avec des yeux terribles de ne pas faire de bruit. Où était-elle ? Au-dessus de sa tête, les palmiers se balançaient tout doucement dans la brise, en réfléchissant les derniers rayons du soleil couchant.

– Écoutez-moi bien, dit Monsieur H. dès qu'il se fut installé avec Rami et Hammouda dans un fiacre qui parcourait au pas l'allée de Choubra. Vous m'avez sauvé la vie, et je vous en suis reconnaissant. Sans vous, je me serais vidé de tout mon sang entre ces maudits bambous. Je suppose que si vous êtes venus sur l'île malgré la terreur qu'inspire cet endroit, c'est parce que vous vouliez retrouver votre petite amie Nefissa. Vous aviez raison, Nefissa était bien sur l'île.

Rami se raidit, mais Monsieur H. posa sur son genou une main apaisante.

– Ne t'énerve pas, ça ne sert à rien. J'ai enlevé Nefissa, c'est vrai, pour lui faire oublier définitivement de m'avoir rencontré. Oh, je ne voulais pas lui faire de mal, j'aurais employé les méthodes douces. Mais il s'est passé des choses auxquelles je ne m'attendais pas. Un de mes hommes, Ghelda, a perdu la raison : il a tué son ami Walid et a essayé de me tuer.

– Et Nefissa ? balbutia Rami.

– Pour l'instant elle se porte bien, mais elle est en grand danger.

– Quel danger ?

– Ce soir, lors de la pleine lune, Ghelda va la sacrifier à une ancienne divinité, avec beaucoup d'autres enfants.

– Le culte de Hàder !

Monsieur H. sursauta :

– Tu connais le culte de Hàder ? Oui, bien sûr, j'aurais dû m'en douter. Tu es intelligent, toi. Tu étudies !

Rami et Hammouda n'en revenaient pas. Ils étaient assis tranquillement dans un fiacre, comme des centaines

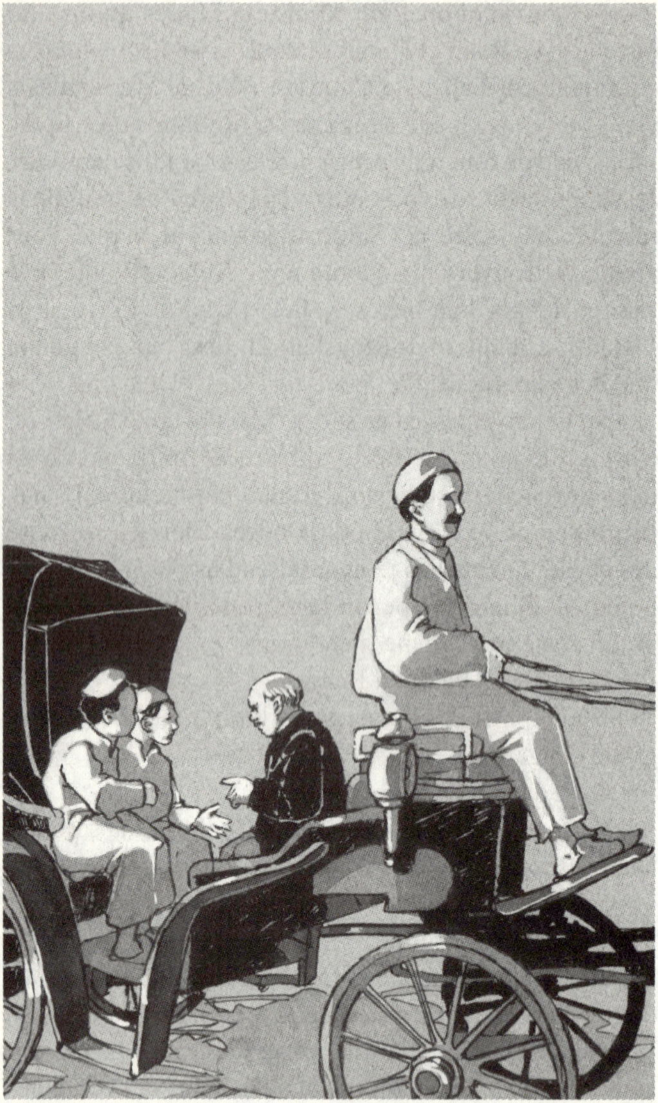

d'autres promeneurs de l'allée de Choubra, comme deux gentils garçons en compagnie de leur papa. L'homme à côté d'eux n'était pas différent des charmants messieurs qu'ils voyaient défiler à leurs côtés ; il leur parlait affablement, d'une voix posée. Pourtant cet homme était l'horrible Monsieur. H, l'incarnation du mal, leur ennemi mortel !

Peut-être rêvaient-ils. C'est ça, ils étaient en train de rêver. Bientôt omm Hammouda viendrait les réveiller, ils se retrouveraient au Domaine, dans leurs chambres respectives, descendraient à la salle à manger pour le petit déjeuner.

La voix de Monsieur H. parvint à nouveau à leurs oreilles :

– ... et c'est moi, naturellement, qui ai chargé Ghelda et Walid d'indiquer à Dupré l'emplacement du naos. Je n'avais pas encore entre les mains le manuscrit de Bourrichon, et il me fallait savoir comment fonctionne le Rubis. Pour cela il était nécessaire que le directeur mette à jour les inscriptions... et qu'il les traduise.

Rami se secoua :

– Vous avez dit le Rubis ?

– Oui, le Rubis, que vous appelez le Talisman. Voyez-vous, ce n'est ni un Talisman, ni un gri-gri, ni une amulette, rien de ce genre : c'est un appareil qui nous vient du passé, et qui n'a rien à voir avec la sorcellerie et ces bêtises-là. C'est simplement une machine très complexe qui se nourrit d'énergie, et qui produit des vibrations invisibles, ou à peine visibles.

– Un rayon rouge, suggéra Rami.

Monsieur H. le regarda en fermant à moitié les paupières :

– Comment sais-tu qu'il s'agit d'un rayon rouge ?

– Je vous ai vu l'actionner au palais d'Abdine.

– Alors sache que le Rubis n'est pas seulement une arme sophistiquée. C'est un puissant émetteur de forces, qui, selon leur intensité, peuvent bouleverser le cerveau d'un être humain, ou d'un animal, peuvent faire perdre la mémoire, le sens moral, détruire la personnalité.

– Je m'en doutais, murmura Rami. Vous l'avez employé contre Nefissa, et contre Ringo aussi.

– C'est ça. Sache aussi autre chose : le culte de Hàder est une cérémonie sanglante, qui exige des sacrifices humains.

Cette fois Rami ne répondit pas et Monsieur H. se toucha l'épaule avec une grimace de douleur :

– En fait, ces rites pseudo-religieux étaient destinés à recharger la puissance du Rubis. Je croyais au début que les indications du manuscrit étaient symboliques, ou qu'elles concernaient d'autres époques. Je pensais que pour activer le Rubis il m'aurait suffi d'agir sans scrupules, sans pitié, d'éliminer les gens qui s'interposaient entre moi et mes buts, comme je l'ai toujours fait.

– Et ça ne suffit pas ? balbutia Hammouda.

– Non, ce n'est pas assez. Pour fonctionner, le Rubis a réellement besoin d'une grande quantité de sang innocent, ou plutôt de l'énergie négative qui se dégage de crimes sans raison, perpétrés sur des êtres inertes et sans défense. Vous comprenez ?

– Dites-nous tout de suite que vous allez nous sacrifier

à votre Hàder, et finissons-en ! s'écria Hammouda avec rage.

– Au contraire ! Il faut que vous m'aidiez à empêcher que Ghelda fasse un massacre. Cet homme a volé le Rubis et le manuscrit, a enlevé des enfants et des jeunes filles, et ne s'arrêtera devant aucune monstruosité pour conquérir le pouvoir suprême. Je veux sauver ces innocents. Je veux sauver votre Nefissa. Pour cela, j'ai besoin de votre aide, parce qu'il ne me reste pas beaucoup de forces.

– Je ne crois pas un mot de ce que vous dites ! hurla Hammouda

– Un homme comme vous ne change jamais ! murmura Rami.

Les deux garçons firent en même temps le geste d'ouvrir la portière pour sauter dans la rue, mais Monsieur H. les retint avec force :

– Et Nefissa ? Sans moi, vous ne la retrouverez pas à temps ! Vous êtes libres de ne pas me croire. C'est une chance à courir ! Mais j'ai vu la mort en face, moi, et je vous assure que c'est une expérience qui change le cœur d'un homme. Même le cœur d'un homme comme moi.

Le fiacre était arrivé au commencement du pont Kasr el Nil et le cocher se pencha à la vitre de la voiture :

– Ces messieurs veulent-ils retourner en arrière ?

– Non ! cria Monsieur H. Continue jusqu'à l'embarcadère de Roda. Au galop !

21
La pleine lune du mois d'août

Dupré et Bourrichon se rendirent immédiatement à Badrachein pour se mettre en communication téléphonique avec le poste de police de Choubra, mais quand ils réussirent enfin à parler avec l'officier de garde, cela faisait près d'une heure que Rami et Hammouda avaient quitté les lieux en compagnie d'un mystérieux colonel O'Hara. Alain Dupré demanda à l'officier de lui décrire le colonel, et il ne lui fallut pas beaucoup d'efforts d'imagination pour comprendre qu'il s'agissait encore une fois de l'insaisissable Monsieur H.

– Vous aviez Henri Armellini dans votre poste, et vous ne l'avez pas reconnu ? demanda-t-il furieux à l'officier.

Celui-ci se souvint enfin où et quand il avait vu la tête du colonel O'Hara : dans les avis de recherche qui tapissaient les murs de tous les commissariats égyptiens, y compris le sien. Il remit tout doucement le cornet du téléphone sur son support, prit une longue respiration, puis commença à beugler. En un instant, le poste de police fut secoué par un formidable branle-bas de combat, le *hakimdar* Farahat daigna enfin se montrer, et une colossale chasse à l'homme fut déclenchée dans la région comprise entre Choubra et Badrachein, sur les deux rives du Nil. Téléphones, télégraphes, estafettes à cheval et pigeons voyageurs furent mis à contribution, les journaux du soir s'en mêlèrent. Au coucher du soleil, l'Égypte entière savait que Henri Armellini avait fait sa réapparition sous le nom de colonel O'Hara, et qu'il était en fuite avec des otages, les pupilles du khédive, Rami et Hammouda.

Deux personnes sursautèrent en lisant cette nouvelle : Khorched pacha dans son palais, et Abbas II dans le sien. Le khédive ordonna que son chef de cabinet soit convoqué sur-le-champ, mais Khorched pacha était déjà arrivé. Il se jeta aux pieds du khédive en pleurant à chaudes larmes et en invoquant son pardon. Il avait été dupe, chevrotait le vieil homme, il avait été trompé, l'écroulement de la galerie était bien le fait du colonel O'Hara, c'est-à- dire Monsieur H., ou plutôt M. Armellini, et il en avait les preuves, des preuves telles que les Anglais n'auraient pu rien faire d'autre que présenter leurs plus humbles excuses.

– Si vous savez où se cache ce criminel, parlez ! dit sévèrement Abbas, mais le vieil homme redoubla de sanglots : il ne savait rien, lui, il avait été trompé, O'Hara avait abusé de sa confiance, il lui avait tourneboulé la tête avec son satané Rubis !

– Rubis ?

– Oui, Votre Altesse, le Rubis d'Anubis, l'objet miraculeux qui m'a rendu ma jeunesse et a rendu plus belles mes filles !

Le khédive sourcilla et ordonna que le vieil homme soit gardé pour l'instant dans une chambre confortable du palais, où on le surveillerait attentivement pour l'empêcher de se faire du mal. Le khédive avait d'autres chats à fouetter que de s'occuper de la santé mentale de Khorched pacha : le sort de ses deux protégés le préoccupait bien davantage. Il enjoignit à ses secrétaires de se tenir en contact jour et nuit avec les forces de l'ordre, et de l'avertir immédiatement dès qu'il y aurait du nouveau.

– Allons, ouste, debout ! ordonna Ghelda.

Nefissa, qui s'était assoupie, se réveilla en sursaut. L'homme maigre se pencha sur elle, ôta son bâillon et délia ses pieds.

– Vite, tu dois me montrer l'entrée du souterrain. Nous n'avons plus de temps à perdre !

Il la releva brusquement et la poussa devant lui.

– Tu connais le palais mieux que moi. Tu dois me montrer l'entrée du souterrain.

Nefissa réfléchissait rapidement. Elle ne connaissait aucun souterrain au palais de Khorched pacha, le seul palais qu'elle eût vu de sa vie. Que voulait donc cet affreux bonhomme ? Dans le doute, elle s'abstint de répondre et avança en silence à travers la palmeraie. Après quelques minutes de marche dans la lumière blafarde du crépuscule, elle aperçut un groupe d'enfants et de jeunes filles que deux grands chiens noirs, au regard mauvais, gardaient comme ils l'auraient fait pour un troupeau de brebis. Les fillettes et les enfants pleuraient en suppliant qu'on les laisse partir, mais Ghelda semblait sourd à leurs appels.

– Le palais est là, derrière cette haie, siffla-t-il à l'oreille de Nefissa, et tu dois me montrer l'accès au temple ! Avance, si tu ne veux pas que je te coupe la tête !

– Quel temple ? Je ne connais pas cet endroit, gémit Nefissa. Je ne suis jamais venue ici !

– Menteuse ! Perfide ! Tu essayes de me tromper ? beugla Ghelda. C'est le palais de Rami et Hammouda, au Domaine des Djinns, et tu veux me faire croire que tu n'y es jamais venue ?

– Mais c'est la vérité ! sanglota la fillette. Tout à coup la mémoire lui revenait, elle se rappelait Rami, Mit Rehina, sa petite vie tranquille et heureuse disparue à jamais, et le désespoir lui broyait le cœur.

– Avance, petite peste, et cesse de me raconter des bobards !

Entre-temps, poussé par les chiens noirs, le groupe d'enfants et de fillettes était entré dans le jardin. Ghelda poussa violemment Nefissa en avant et franchit à son tour le portail.

Le palais était sombre et désert, rien ne bougeait autour d'eux. Mais soudainement les deux chiens noirs dressèrent les oreilles et tournèrent vers les cuisines leurs museaux baveux. Ghelda sursauta : deux silhouettes avaient paru à la porte du bâtiment.

– Qui êtes-vous ? que voulez-vous ? cria une vieille paysanne qui empoignait avec détermination un énorme couperet. Derrière elle se tenait une jolie jeune fille blonde, armée d'une broche.

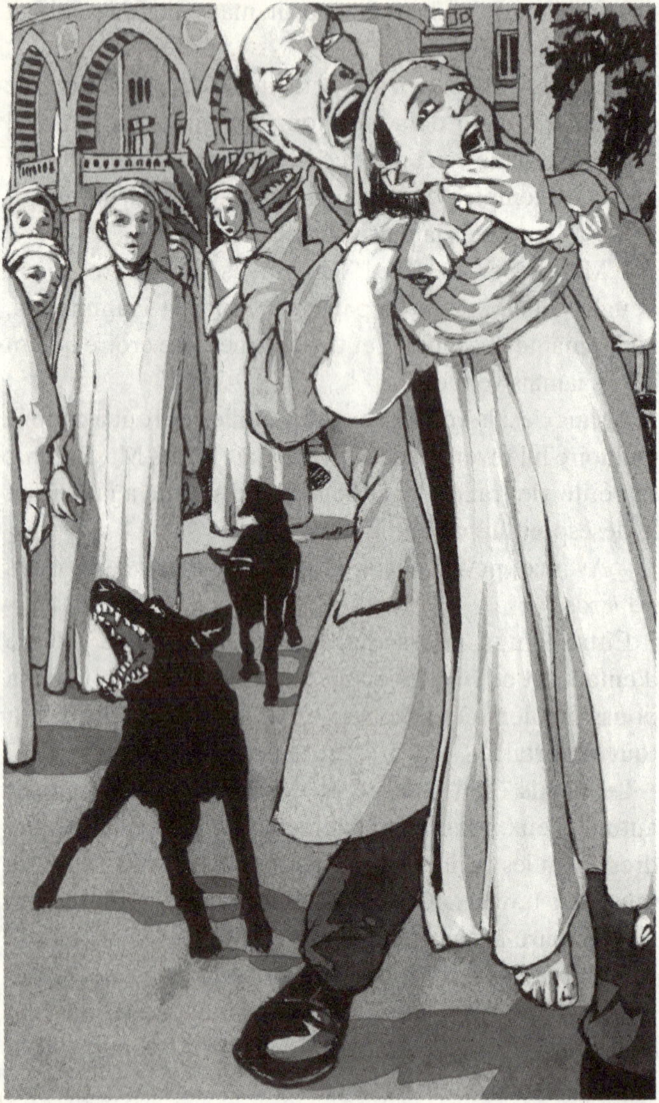

– D'où diable sortent-elles, ces deux-là ? J'avais pourtant bien fouillé le palais ! marmonna Ghelda.

Les chiens noirs grognèrent, puis détournèrent les yeux, comme devant un spectacle désagréable.

– Omm Hammouda, sauve-toi ! cria Nefissa, qui avait reconnu la vieille femme.

Ghelda bondit et pointa un poignard contre la gorge de sa prisonnière.

– Ah, vous vous connaissez ? Magnifique ! ricana-t-il, alors vous, là-bas, jetez vos armes, si vous ne voulez pas que j'égorge cette petite idiote devant vous !

Omm Hammouda et Mlle Bourrichon laissèrent tomber broche et couperet.

– Et maintenant, continua Ghelda sans lâcher sa prise, toi, la vieille, tu nous montreras l'entrée du souterrain.

Omm Hammouda et Mlle Bourrichon se consultèrent brièvement, puis la vieille cria :

– D'accord, étranger. Mais laisse d'abord la petite Nefissa.

Ghelda relâcha légèrement sa prise et suivit omm Hammouda et Mlle Bourrichon vers le palais.

– Pas de plaisanteries, si vous tenez à sa vie, dit encore Ghelda.

– Ça va, ça va, grommela omm Hammouda. Faut pas contredire les fous, chuchota-t-elle à l'oreille de Mlle Bourrichon.

– Vous connaissez l'entrée du souterrain, vous ? demanda celle-ci sur le même ton.

– Je connais tout de ce palais. Quand on nettoie, on fait des découvertes.

A ce moment Ghelda s'aperçut que les deux chiens noirs s'étaient assis sur leur postérieur et ne bougeaient plus, comme s'ils étaient cloués au sol.

– Et après ? On devient paresseux ? Faites avancer les offrandes ! hurla-t-il, au comble de la fureur.

Les deux chiens se levèrent sans entrain, et recommencèrent à courir autour des prisonniers. Dans les aboiements des horribles bêtes et les cris terrorisés des enfants, le groupe pénétra dans le palais et la porte d'entrée claqua avec force. Puis le calme revint dans le jardin.

Quelques minutes plus tard, l'ombre d'un autre chien franchit le portail et traversa rapidement la pelouse. Ringo baissa la tête et renifla longtemps le sol, puis se dirigea vers un soupirail connu de lui seul et disparut à son tour dans le palais.

La felouque sur laquelle Monsieur H. s'était embarqué à Roda en compagnie de Rami et Hammouda était désormais en vue des palmeraies de Badrachein. A cet endroit le fleuve vert commençait à se teindre de larges taches boueuses ; c'était la crue annuelle du Nil, qui chaque année, au mois d'août, avançait rapidement du sud avec ses remous, ses courants et ses tourbillons.

– Cette année la crue sera forte, dit le batelier. Regardez-moi ça, elle a déjà atteint le chemin de halage !

Ses trois passagers firent un geste vague de la tête. Apparemment, l'importance du débit du Nil ne les intéressait pas. Ils avaient parlé entre eux à voix basse pendant tout le voyage, sans un regard pour les eaux tumultueuses.

Monsieur H. avait expliqué aux deux garçons que le temple d'Anubis-Hàder devait se trouver dans les parages du naos, dans le réseau de couloirs souterrains qui se déployaient sous la palmeraie. Lui-même connaissait bien ces catacombes, qu'il avait empruntées souvent pour pénétrer dans le palais et jouer à Dupré des tours pendables, comme l'encre sympathique versée dans ses encriers ou le vol de ses fameux rapports. Mais il ne connaissait pas l'emplacement du temple.

– Certaines personnes devaient m'indiquer le chemin, mais elles sont passées du côté de Ghelda, dit-il, de manière sibylline.

– Vous parlez de Mimith et Pandil ? demanda Rami.

Monsieur H. fit une grimace.

– Tu connais ça aussi ? Incroyable !

– Pourquoi vous ont-elles abandonné ?

– Ces deux furies passent automatiquement du côté… du plus méchant, dit Monsieur H. avec un soupir, mal à l'aise avec sa nouvelle attitude magnanime.

Rami demanda au batelier d'accoster à l'embarcadère privé du domaine. Le batelier vira de bord et se dirigea vers le rivage.

– C'est drôle ! dit le *rayes*, ce matin, un diable de chien s'est caché dans la barque de mon ami Douda, et il a sauté dans l'eau juste à cet endroit.

– Et après ?

– Rien. Il a disparu dans la palmeraie.

– Quel genre de chien ?

– Oh, une grande bête noire et rouge, un véritable

*ghoul**! Le *rayes* Douda est revenu à Roda tout secoué, il en tremble encore.

Rami et Hammouda se regardèrent. L'espoir que Ringo soit rentré au palais leur mettait du baume au cœur. Et puis il y avait omm Hammouda et son amulette, Dupré, Bourrichon. Désormais, Monsieur H. ne leur faisait plus tellement peur.

La felouque toucha l'embarcadère, et les trois passagers descendirent. Une demi-heure après ils étaient en vue du palais, et Monsieur H. s'assit essoufflé au pied d'un palmier.

– Je pénétrais dans les souterrains à partir d'une maison de Harraneia, dit-il d'une voix affaiblie, mais cet accès est trop loin d'ici. Il faut passer par le palais.

– Le directeur vous connaît, monsieur, et je ne sais pas s'il croira à vos bonnes intentions.

– Allez en avant et ouvrez un des soupiraux du sous-sol. Je me débrouillerai pour ne pas être vu.

Une énorme lune rougeâtre parut entre les troncs, et soudain Monsieur H. se montra pressé :

– Dans quelques heures, quand la lune sera à son zénith, les goules apparaîtront et Ghelda commencera le massacre. Nous n'avons pas beaucoup de temps. Allez ! Allez !

Les deux garçons coururent vers le portail et disparurent dans le jardin.

22
Les rectangles d'or

Le palais, les écuries, la cuisine, tout était noir, désert et comme abandonné.
– Je sens quelque chose, chuchota Hammouda.
– Quoi ?
– Des présences.
– Quel genre de présences ?
– Je ne sais pas. Elles ont passé par ici et ont emporté tout le monde.
– Allons donc !

Les deux garçons firent rapidement le tour du palais en allumant les lampes et en lançant des appels, mais la grande bâtisse paraissait figée dans une dimension hors du temps et dans un silence sépulcral.

– Je me demande où est ma mère, et Mlle Bourrichon ! gémit Hammouda. Je sens qu'elles sont proches, mais où ?

– On verra ça plus tard. Maintenant il faut faire entrer Monsieur H.

– Tu as confiance en ce type, toi ?

– Je n'ai pas le choix. Allons !

Ils se munirent de lampes à pétrole et descendirent au sous-sol. Un des soupiraux était déjà ouvert et Monsieur H. se glissait péniblement à l'intérieur.

– Quelqu'un vous a vus ?

– Il n'y a personne au palais.

Monsieur H. fit une grimace :

– Mauvais signe. Venez. Je vais vous montrer par où on accède aux souterrains.

Il se dirigea vers un des pilastres qui soutenaient le plafond et leur montra sur la face interne une pierre rectangulaire beaucoup plus grande que les autres. Monsieur H. la toucha légèrement et la pierre pivota, révélant un étroit pertuis.

– C'est ici que commence le souterrain.

Au début, ce n'était qu'un escalier très raide, puis une simple galerie creusée dans le sol, et soutenue par des troncs de palmier.

– Cette partie a été creusée au siècle dernier, expliqua Monsieur H., pour relier le palais au souterrain de Hàder.

– Qui l'a creusée ?

– Le premier propriétaire du Domaine, un mamelouk excentrique qui cherchait aussi le Rubis et qui a fini dévoré par les goules.

Ils avançaient sur le sol mou et élastique, mettant en fuite d'étranges insectes blanchâtres et quelques souris. Soudain leurs pas se firent sonores et ils s'aperçurent qu'ils avaient atteint un couloir pavé, aux parois de calcaire recouvertes de bas-reliefs multicolores, où le rouge était la couleur prépondérante. Rami et Hammouda soulevèrent leurs lampes et contemplèrent sidérés les plus horribles scènes de massacres qu'ils eussent jamais pu imaginer. Sur ces parois étaient représentés tous les moyens à la disposition de l'homme pour tuer son prochain, les arcs et les flèches, les lances, les haches, les chars de guerre, et même d'étranges boules rousses qui, avec leur couronne de corps désarticulés, faisaient penser à des explosions.

– C'est horrible, dit Rami.
– Horrible, mais véridique, déclara Monsieur H.
Il s'affala contre un bas-relief et secoua la tête.
– Je ne peux plus vous suivre. Continuez sans moi !
– Pour aller où ? Qu'est-ce que nous cherchons, exactement ?
– D'après le manuscrit, murmura Monsieur H. d'une voix à peine audible, le temple de Hàder se trouve derrière un de ces bas-reliefs. Le plus cruel de tous, parce qu'il représente le Mensonge, il montre le vrai visage du Mal. Je l'ai cherché longtemps. Je voulais entrer dans le temple, qui, selon les vieux écrits, est un endroit tapissé de rubis et pavé de lingots d'or. Mais je ne l'ai jamais trouvé. Je vous souhaite d'avoir plus de chance que moi. C'est là, dans le temple, que Ghelda garde ses victimes, en attendant le moment propice pour les sacrifier.

Les deux amis marchèrent longtemps, tandis que l'air devenait de plus en plus lourd et irrespirable. Les personnages des parois sculptées et peintes les suivaient d'un regard cruel, et ils croyaient presque entendre les cris qui sortaient des bouches béantes des victimes. Partout, la couleur rouge giclait, coulait, formait des mares, les poignards levés luisaient au passage de leurs lampes et un vent immobile semblait secouer les scènes de carnages et de tortures.

Puis le couloir se divisa en deux branches, et les deux garçons s'arrêtèrent.

Hammouda se passa la main dans les cheveux :

– Et maintenant ? Où allons-nous ? A droite ou à gauche ?

Rami remarqua une tache au pied du mur, et baissa sa lampe.

– Regarde, on dirait que Ringo est passé par ici. Il a marqué son territoire !

Hammouda s'approcha. C'était vrai : au pied d'un bas-relief particulièrement horrible, où on voyait des hommes armés égorger des femmes et des enfants, il y avait la trace très visible, encore humide, du passage d'un chien.

– Elle indique le couloir de gauche, dit Rami.

Ce signe discret de la présence de Ringo les galvanisa. Ils se mirent à courir, en jetant des regards rapides aux images de plus en plus épouvantables qui se succédaient sur les parois, occupés surtout à chercher au bas des murs une autre trace indicatrice. Ils la trouvèrent au bout d'une course effrénée qui les conduisit dans une sorte de salle circulaire, où les parois étaient couvertes d'immenses visages noirs et monstrueux, et d'où partaient six nouveaux couloirs particulièrement étroits. Cette fois, Ringo leur indiquait à sa manière qu'il fallait choisir le couloir du milieu, le plus étroit de tous,

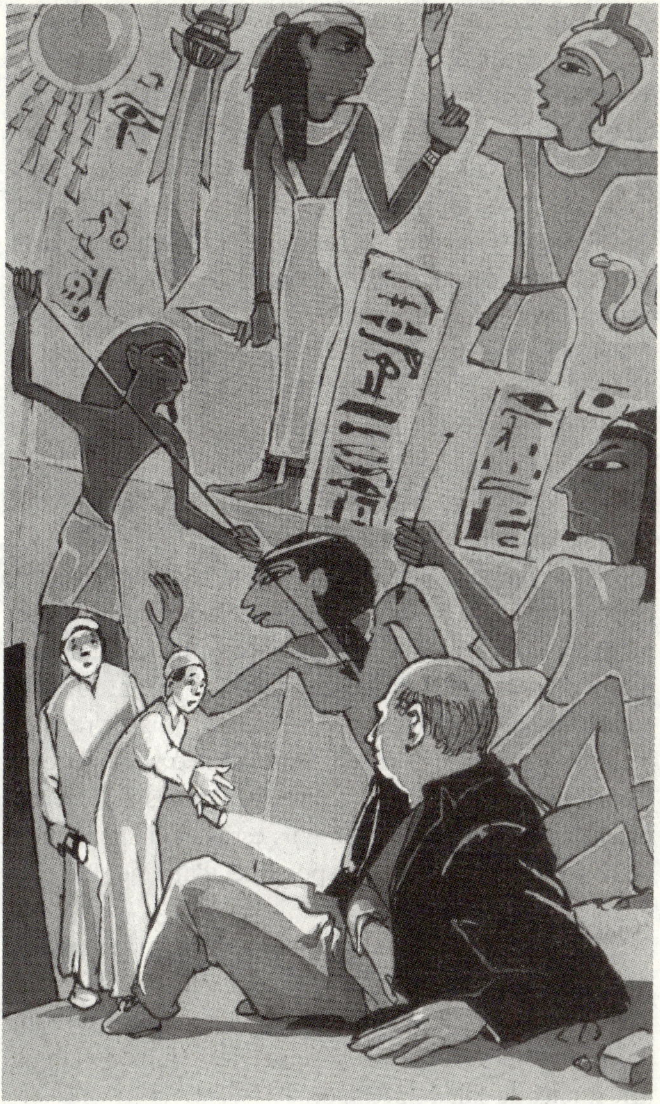

tellement étroit que pour s'y glisser les deux garçons durent avancer de biais, comme des crabes. Les parois de roche paraissaient se rapprocher, le plafond se faisait de plus en plus bas, l'air manquait et Hammouda était gêné par sa taille plutôt robuste. Il est vrai que sa passion pour Mlle Bourrichon l'avait allégé de deux ou trois kilos, mais les muscles de ses épaules étaient tout aussi volumineux et à un certain moment il se trouva coincé entre deux blocs de pierre.

— Rami, attends, je ne peux plus bouger ! dit-il, à bout de souffle.

— Bonne nouvelle, répondit Rami. Cela prouve que Monsieur H. n'est jamais passé par ici.

— Feu Walid non plus, souffla Hammouda. Il n'y a que Ghelda qui pourrait le faire.

Il vida complètement ses poumons, rentra son ventre, et parvint enfin à se dégager. Au bout de quelques mètres le couloir s'élargissait imperceptiblement, mais le plafond continuait à descendre. Ils furent bientôt contraints de marcher à quatre pattes, puis de ramper. Enfin ils durent éteindre les lampes et se traîner sur le sol dans l'obscurité la plus absolue. Désormais ils n'éprouvaient même plus de la peur ; ils essayaient simplement de trouver leur souffle et, si possible, d'atteindre le bout de ce boyau cauchemardesque.

Enfin, en levant péniblement la tête, ils virent au fond une lumière très faible et lointaine. La lueur fut aussitôt cachée par une forme noire qui venait vers eux en rampant, et Rami sentit sur sa figure les coups de langue affectueux de son ami Ringo.

Ils débouchèrent après force contorsions dans une salle carrée, dont le plafond et les parois étaient recouverts de lamelles dorées en forme de rectangles marqués d'un V, sur lesquelles se reflétait le feu d'un énorme trépied placé au centre de la salle. C'était une flamme haute et brillante, dont on ne pouvait distinguer l'origine, une sorte d'immense feu follet. Le sol de la salle était formé d'une dalle unique, luisante, de couleur jaune. Pas de portes, pas d'autres accès, rien; c'était le bout du chemin.

Découragé, Hammouda s'assit à même le sol.

– Voilà. C'est fini ! Nous n'arriverons jamais nulle part.

Ringo n'était pas du même avis. Il se mit à trotter à travers la salle et s'arrêta devant la paroi d'en face, en agitant la queue. Les deux garçons le rejoignirent et se mirent à examiner attentivement les lames dorées. En fait, elles étaient en or massif, et semblaient palpiter doucement dans les reflets du feu.

– Monsieur H. a parlé de l'image la plus horrible, murmura Rami, du véritable symbole du Mal. Ces rectangles sont l'idéogramme d'« Hotep », c'est-à-dire « Paix ».

– Que vient faire la paix dans ce cauchemar ?

– Le signe « Paix » inscrit dans l'or ? Je ne sais pas, Hammouda.

– Laisse tomber les symboles et suivons les indications de Ringo, conseilla Hammouda, pragmatique. Le temple doit se trouver derrière cette pacotille.

Ils essayèrent de déplacer les lamelles, de les soulever, de les pousser, inutilement. La paroi était compacte et solide et semblait les narguer. Pendant qu'ils faisaient ainsi lentement le tour de la salle, Hammouda poussa un cri et porta les mains à sa tête :

– Elles m'appellent ! hurla-t-il. Elles sont là ! Là derrière ! Et Eulalie est avec eux !

Rami se tourna vers lui :

– Eulalie ?

– C'est elle ! C'est elle, Mlle Bourrichon ! Je reconnais sa voix, elle m'appelle, elle me dit : Viens, sauve-nous, c'est moi, Eulalie !

– Zut ! Demande-lui comment on entre !

Hammouda ne l'écoutait pas, il secouait la tête à droite et à gauche, désespérément.

– Et il y a d'autres personnes, il y a des enfants qui hurlent, et Nefissa qui essaye de les calmer. Rami, nous devons défoncer cette paroi.

Tout à coup Hammouda sembla pris de folie. Il se mit à donner des coups de poing et des coups de pied aux lamelles d'or, mais sa furie était dérisoire devant la solidité du métal.

Rami essaya de l'immobiliser :

– Ça ne sert à rien, Hammouda, arrête ! Pense, plutôt ! Essaye de te faire dire comment ils sont entrés !

Hammouda se calma un peu, se couvrit la figure des deux mains, mais un instant après il recommença à hurler :

– Je n'y arrive pas. C'est fini. Je n'entends plus rien !

Dupré et Bourrichon passèrent le reste de l'après-midi au bureau de poste de Badrachein, où ils téléphonèrent et envoyèrent des télégrammes à droite et à gauche pour essayer d'obtenir des informations et de mêler le plus grand nombre possible de personnes à la chasse à l'homme. Ils appelèrent même le palais de Khorched pacha, mais une voix leur répondit que le pacha avait été retenu au palais d'Abdine. Le directeur secoua la tête, découragé :

– Rentrons au Domaine. La nuit est tombée et il ne nous reste rien d'autre à faire qu'à attendre.

Au moment où leur calèche arriva à la hauteur de l'embarcadère privé, ils remarquèrent que celui-ci avait disparu sous les flots furieux du Nil qui gonflait à vue d'œil. La crue se manifestait cette année-là avec une force et une rapidité exceptionnelle, et Marzouk mit ses chevaux au trot allongé pour atteindre le plus rapidement possible le palais, avant que le fleuve ne déborde et transforme la palmeraie en un immense étang boueux.

– Qu'est-ce qui se passe ? demanda Bourrichon.

– C'est l'inondation, monsieur, expliqua Marzouk. Elle est très forte, cette année, elle va sûrement recouvrir tout le Domaine.

– Qu'est-ce que ça veut dire ? brailla Bourrichon. Que nous allons rester bloqués pendant deux mois ?

Le directeur lui expliqua que le palais et son jardin étaient légèrement surélevés par rapport à la plaine et que normalement ils resteraient au sec. Même dans le cas où le Nil montait particulièrement haut, une chaussée surélevée reliait le palais au désert et à la route Sakkara-Le Caire.

– Bon, ça va ! grogna Bourrichon.

Il était mal à l'aise, fâché avec le monde entier.

Au fond de lui-même il devait admettre que si à ce moment Rami et Hammouda se trouvaient en danger, c'était uniquement par sa faute, à cause de sa manie de dissimuler ses connaissances, de ne jamais rien expliquer aux autres. Il avait toujours gardé secrètes ses découvertes, n'en parlant jamais à ses amis, se réservant de les dévoiler dans ses publications : mais cette fois sa réserve prudente avait des conséquences terriblement fâcheuses. Bourrichon se traitait mentalement de tous les noms, ce qui le rendait bourru et désagréable. Dupré ne s'en formalisait pas, parce qu'il comprenait parfaitement ce qui se passait dans la tête de son ami.

Le palais parut enfin au bout de la longue allée, sinistrement illuminé par la lune encore basse. Les chevaux hennirent, leur trot s'interrompit, et Marzouk tira sur les rênes. Autour d'eux, les feux follets n'avaient jamais été aussi nombreux et inquiétants, les hiboux hululaient dans l'ombre, les chauves-souris volaient au ras du sol. Les trois hommes frissonnèrent.

– La nuit de la pleine lune, murmura Bourrichon.

Ils descendirent dans le jardin plongé dans une clarté blafarde, en sachant déjà que d'autres mauvaises surprises les attendaient.

23
Le signe du Pouvoir

Dans le profond silence de la salle souterraine, Rami crut entendre tout à coup un bourdonnement.
– Écoute !
Hammouda tendit l'oreille et perçut à son tour un grondement sourd qui faisait trembler légèrement le sol.
– Qu'est-ce que c'est ?
– Je n'en sais rien !
Presque au même instant, des milliers de rats en proie à la panique débouchèrent par le couloir et se répandirent affolés dans la salle. Ils tournèrent en rond dans un vacarme effroyable de cris, de glapissements, de couinements dominés par les aboiements de Ringo. Puis leur nombre diminua à vue d'œil et ils disparurent sous la paroi d'en face, comme s'ils avaient été engloutis par le trou d'un évier. Un rat plus gras que les autres eut du mal à suivre ses frères ; durant quelques instants, la moitié postérieure de son corps se tortilla frénétiquement sur le sol, mais il parvint à passer et disparut à son tour.
– Ces bêtes ont eu peur de quelque chose.
– Leurs pattes étaient mouillées, Hammouda.

Les rongeurs avaient laissé sur le sol doré des milliers de petites empreintes boueuses.

Rami s'allongea par terre et examina la base de la paroi. Des fissures parallèles au sol, d'à peine deux centimètres de hauteur, s'ouvraient à intervalles réguliers. C'est par ces ouvertures, invisibles quand on se tenait debout, qu'étaient passés les petits animaux.

– Rami! Regarde! hurla Hammouda.

Rami se redressa et vit un mince filet d'eau qui surgissait du couloir et se répandait dans la salle.

– Vite, il faut sortir d'ici, dit Rami.

Il montra à son ami les fissures à la base de la paroi :

– Ces trous doivent bien servir à quelque chose, n'est-ce pas?

Les deux garçons placèrent le bout des doigts dans les fentes :

– Un, deux, trois. Soulève!

Il ne leur fallut pas beaucoup d'efforts pour que la paroi glisse vers le haut comme un rideau métallique bien huilé, sans faire de bruit. De l'autre côté s'élevait un large escalier en pierre, dont le sommet se perdait dans l'obscurité.

En découvrant que le palais était désert et que sa fille avait disparu, Ignace Bourrichon s'affola :

– Vite, Dupré, nous n'avons pas une minute à perdre!

– Je suis d'accord, Ignace, mais expliquez-moi ce qui se passe, une bonne fois pour toutes!

– C'est la nuit de la pleine lune d'août : d'après le grimoire, c'est le moment propice pour sacrifier à Hàder. Tout me fait penser que votre monsieur Hache a enlevé un certain nombre d'enfants et de jeunes filles pour procéder à cet horrible rituel !

– Bourrichon, vous oubliez que omm Hammouda a disparu aussi, et qu'on peut difficilement la considérer comme une jeune fille.

– Peut-être que cette personne a gardé un cœur d'enfant, Alain, ce qui en fait une victime acceptable. Venez, je dois vous montrer quelque chose de très important !

En disant cela, Bourrichon se dirigea en courant vers la bibliothèque et indiqua sur le mur le plan des fouilles que Dupré avait tracé après avoir effectué les relevés du site. Le plan montrait en noir les parties déjà sorties de terre, en bleu celles qui restaient à creuser.

– Le grimoire portait en tête de chaque page un signe que je ne comprenais pas : une épaisse ligne brisée qui se termine par un renflement. J'ai reconnu ce signe dans votre plan. Le naos, avec les traces des parties du couloir encore ensevelies, forme exactement le même dessin !

– Ce n'est pas un dessin, Ignace. C'est l'idéogramme « mknès » qui signifie « pouvoir » : un bras qui tient le bâton du commandement.

– Quoi ? vous saviez cela et vous ne m'avez rien dit !

– Vous m'avez appris à me taire, Ignace.

Bourrichon fit une figure contrite :

– Vous avez raison.

Le directeur continua :

– Si votre hypothèse est exacte, l'épaule correspond au naos, le bras représente le couloir, tandis que le bâton du commandement indique l'emplacement du temple. Ceux qui ont creusé l'ensemble ont suivi un plan précis, qui reproduisait exactement l'idéogramme « mknès », c'est-à-dire « pouvoir ».

– Donc le temple se trouve ici, au bout du « bras » !

– Mais comment Monsieur H. aurait-il pu y avoir accès, Ignace, si le couloir est encore bouché ? Nous n'en avons dégagé qu'une partie.

– Tout est possible à qui possède le Talisman. Et puis, mon ami, il y a sûrement d'autres accès. Malheureusement, nous n'avons pas le temps de les chercher, et nous devons obligatoirement passer par le couloir.

Pendant qu'ils galopaient dans leur calèche vers le site des fouilles, Bourrichon énuméra à Dupré les éléments requis pour que le Talisman fonctionne à plein rendement : le contact avec la peau d'un homme dénué de tout sens de la pitié, le sacrifice d'un certain nombre impair d'êtres innocents, et la pleine lune à son zénith, soit au mois d'août, soit au mois de février.

– C'est une question d'influx astraux, de forces cosmiques. Il y a beaucoup d'éléments scientifiques dans tout cela, et d'autres qui me sont encore tout à fait obscurs.

Autour du chantier tout était calme et paisible. Les policiers bivouaquaient autour d'un feu de broussailles, sur lequel ils faisaient rôtir des patates. Le jeune officier s'empressa de venir à leur rencontre :

– Bonsoir, messieurs. Quel plaisir de vous voir ! Que puis-je faire pour vous ?

– Appelez vos hommes, dites-leur de prendre les pelles des ouvriers et de se mettre à creuser dans le couloir. Nous travaillerons avec eux, pour aller plus vite.

– Plaît-il ?
– Vous m'avez parfaitement entendu ! hurla Dupré. C'est une question de vie ou de mort. Dites à vos hommes de se mettre tout de suite au travail !

Rami et Hammouda rallumèrent leurs lampes au feu du trépied et commencèrent à gravir rapidement l'escalier. Il était temps : l'eau leur arrivait déjà à la cheville, et elle continuait à monter.

Ils escaladèrent ainsi une trentaine de marches très raides, et se trouvèrent soudain dans un vaste souterrain, dont le plafond cintré était soutenu par des pilastres gigantesques. Pas de bas-reliefs, pas de peintures : les murs en pierre étaient recouverts uniformément d'une patine brune, qui faisait penser à du sang séché. Maintenant ils entendaient les cris et les pleurs d'enfants qui se répercutaient sous les voûtes, tandis que tout au fond une lumière diffuse semblait leur indiquer le chemin.

Ringo les quitta et avança rapidement, la queue baissée. Les deux garçons éteignirent leurs lampes et le suivirent, en courant légèrement d'un pilastre à l'autre et en essayant de ne pas faire de bruit.

Une scène incroyable se dévoila à leurs yeux. Une centaine de flambeaux illuminaient une salle circulaire, pavée de granit poli et brillant et surmontée d'une coupole dont le sommet se perdait dans l'obscurité. En face d'eux, le nommé Ghelda se tenait assis sur un trône doré, une crosse recourbée à la main. L'homme portait une courte tunique pourpre sans manches et sur sa tête se dressait une haute tiare rouge, munie sur le devant d'un fil métallique enroulé au bout. Son visage chevalin était figé en un rictus de satisfaction, et il faisait des efforts visibles pour bomber sa maigre poitrine. Deux grands chiens noirs étaient étendus à ses pieds, les oreilles dressées, tandis qu'à côté du trône un sablier à moitié vide laissait couler son sable.

– Comment s'est-il fagoté ? murmura Hammouda.

– Il se prend pour un pharaon, avec la couronne de la Basse-Égypte, chuchota Rami. Mais où sont les autres ?

Ils les virent bien assez tôt : des enfants et des jeunes filles qui se tenaient groupés craintivement dans un coin obscur du temple. Nefissa, Mlle Bourrichon et omm Hammouda se consultaient à voix basse, tout en leur faisant un bouclier de leurs corps. A ce moment, Ghelda fit mine de vouloir se lever de son trône, mais omm Hammouda se tourna brusquement vers lui en brandissant sa fameuse amulette :

– Arrière, pantin du démon, arrière !

– Arrière, arrière, arrière, crièrent à l'unisson Nefissa et Mlle Bourrichon, échevelées comme deux furies, les yeux brillants.

Ghelda se rassit, décontenancé, puis se mit à crier à tue-tête, comme pour couvrir leurs voix :

– Sorcières ! Je vous couperai la langue ! Je vous arracherai le cœur ! J'écraserai vos têtes sous mes pieds !

Il semblait en vouloir tout particulièrement à omm Hammouda :

– Jette tes amulettes, vieille sorcière, obéis à ton maître Hàder !

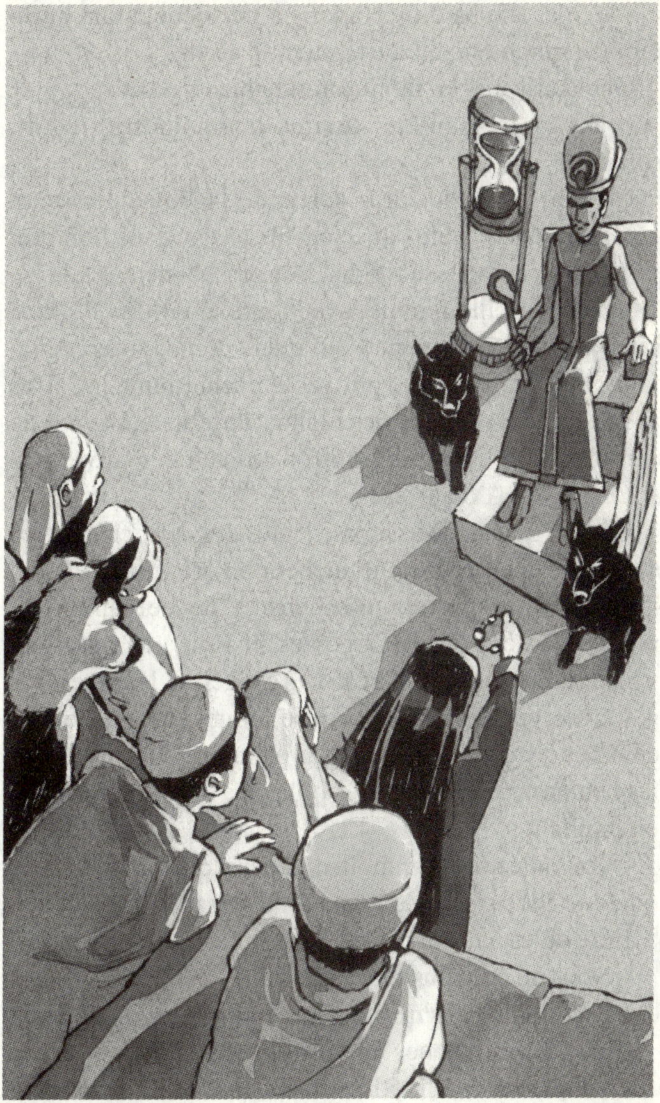

– Je n'ai jamais dit « Hàder » à personne, moi ! hurla omm Hammouda, même à feu mon mari !

Ghelda ricana, en montrant ses chicots noirs :

– De toute manière, tu iras le rejoindre bientôt, sorcière !

Une bordée d'insultes sortit de la bouche d'omm Hammouda, au point que son fils rougit dans l'ombre.

– Tu n'es qu'un sale fils de…, et de…, et de…, et de …, beuglait la vieille femme, avec toute la virulence d'une vraie paysanne bon teint. Pour qui te prends-tu, crève-la-faim, miteux, minable, pitoyable déchet humain ? T'as pas de muscles, t'as pas de colonne vertébrale, t'as pas de cervelle, tu n'es qu'un bouffon ridicule, et tu veux le « Pouvoir » ? A d'autres !

Ghelda toucha de sa crosse le dos des deux chiens, qui se transformèrent instantanément en Mimith et Pandil. Un pénétrant parfum d'encens et de bergamote se répandit autour des deux goules, et Ringo ne put s'empêcher d'éternuer. Les créatures dirigèrent leurs regards glauques vers le pilier derrière lequel se cachaient le chien et les deux garçons, et grognèrent en retroussant les babines, mais Ghelda les obligea à se tourner vers lui en braillant :

– Vous allez rester ramollies encore longtemps ? Faites quelque chose, nom de nom ! Faites taire la vieille !

Les goules haussèrent les épaules.

– Nous ne pouvons rien faire.

– Comment, vous ne pouvez rien faire ?

– Va lui enlever ses amulettes, à la vieille, et on en reparlera, souffla Mimith avec dédain.

Ghelda se leva encore une fois et s'élança en direction de ses prisonniers. Ceux-ci se mirent à hurler, mais à mi-chemin l'homme s'arrêta net en émettant un bruit sourd, comme s'il s'était cogné violemment contre une paroi invisible.

– Ouille ! Maudite sorcière, épouvantail, vieille peau ! trépigna-t-il en se frottant le front. Il retourna en courant vers son trône, s'assit et se mit à consulter frénétiquement un vieux bouquin relié en cuir.

– Le grimoire ! murmura Rami.

Ghelda ouvrit sa tunique et le pectoral parut. La lumière des flambeaux se réfléchit sinistrement sur le Rubis, que Ghelda manipulait et tripotait sans parvenir à le mettre en marche.

– Vous, les goules. Vous n'allez pas me montrer comment fonctionne ce truc ? rugit Ghelda.

Tandis que Pandil continuait à regarder soupçonneusement du côté des piliers, Mimith se leva nonchalamment et se mit à manœuvrer le pectoral, comme elle l'aurait fait pour un appareil photographique. Un rayon rouge surgit et frappa la voûte, qui craqua, puis glissa sur un flambeau qui explosa comme un feu d'artifice. Ghelda arracha l'objet des mains de Mimith et dirigea le rayon contre omm Hammouda avec un ricanement de triomphe, mais la paroi invisible lui renvoya le rayon à angle aigu et le sablier éclata en mille morceaux. Ghelda se rassit sur son trône en hurlant de peur.

– Tu es stupide, marmonna Pandil, méprisante.

– Tu n'as fait que ramasser des forces contraires, susurra Mimith en secouant la tête.

– Tu as traîné avec toi la vieille, sans savoir qu'elle est une *cheikha* bardée de protections !

– Et maintenant dans la salle il y a un ennemi.

– Quel ennemi ? bredouilla Ghelda.

– Un protégé des djinns.

– Qui ça ?

Les deux goules ne répondirent pas. Elles regardaient le plafond et Rami suivit leur regard : de la crevasse ouverte par le rayon tombait un filet d'eau, qui se transformait peu à peu en un jet régulier et sonore. Mimith et Pandil s'éloignèrent immédiatement du trône de Ghelda :

– Homme, nous n'aimons pas l'eau, nous sommes des créatures de feu.

Ghelda les foudroya du regard :

– Qu'est-ce que ça veut dire, ça ? Vous n'allez pas essayer de me plaquer, hein ?

– Homme, tu n'as pas l'étoffe. Même si nous te donnions le pouvoir, tu ne saurais pas le garder, déclara Mimith.

– Nous devrons chercher ailleurs, susurra Pandil.

Cela dit, elles disparurent dans un pilier.

– Où allez-vous ? Revenez ! Ne me laissez pas ! Revenez ! cria Ghelda.

L'eau maintenant tombait en cascade et des vaguelettes boueuses atteignaient déjà les pieds des deux garçons.

– Il faut faire sortir les autres avant de mourir tous noyés, dit Rami.

Ils se glissèrent d'un pilastre à l'autre en direction

d'omm Hammouda et de son groupe. Ils savaient plus ou moins où se trouvait la paroi invisible, derrière laquelle l'effroyable rayon ne pouvait plus les atteindre : mais c'était sans compter avec la puissance des amulettes, et ils se cognèrent à leur tour contre ce qui leur sembla une vitre solide et toute propre.

Hammouda perdit toute prudence :

– Maman, laisse-nous passer, c'est nous !

Ghelda se leva de son trône, en empoignant le pectoral.

– Qui est là ? Montrez-vous donc, Forces maudites !

Il brandit le Rubis et tournoya sur lui-même en projetant le rayon aux quatre coins de la salle, puis s'élança de toutes ses forces contre la paroi invisible. Celle-ci réagit comme si elle avait été élastique : Ghelda rebondit en arrière et s'écrasa contre les marches du trône, tandis que la mince ligne rouge frappait à l'aveuglette les murs et y ouvrait des crevasses noires et fumantes. L'homme se releva avec peine, la figure crispée de haine et ses longues jambes secouées de spasmes.

– Je suis votre roi, ne me reconnaissez-vous pas ? hurlait Ghelda. C'est moi, le nouveau prince, c'est moi, l'héritier du Rubis !

– Ce type commence à m'agacer, avec son Rubis, gronda Hammouda.

Avant que Rami n'ait eu le temps de le retenir, il s'élança vers Ghelda, esquiva habilement la terrible ligne rouge, lui saisit les poignets et le plaqua sur le sol mouillé. Le pectoral décrivit un arc de cercle, retomba et glissa au loin sur les dalles, tandis que son rayon faisait grésiller les pierres de la voûte.

– Mon petit ! hurla omm Hammouda avec fierté.

Les prisonniers applaudirent, et Mlle Bourrichon rougit d'admiration. Hammouda lâcha Ghelda et l'homme se releva péniblement, la tunique collée au corps et la couronne de la Basse-Égypte de travers.

– Comment oses-tu ? Tu ne sais pas qui je suis ? Où est le respect que tu dois à ton pharaon ? bredouilla-t-il, les yeux exorbités.

– Ghelda, au nom des djinns, maîtres de ce lieu, je t'ordonne de disparaître ! prononça Hammouda à tout hasard.

Ghelda poussa un rugissement et fit un pas pour empoigner son adversaire, mais son pied glissa en avant et il s'étala encore une fois par terre, en faisant jaillir des gerbes d'eau.

Cela faisait un moment que Rami se retenait de rire, mais la vue de Ghelda qui se tordait comme un long ver rouge, glissait et retombait sur son dos en proférant imprécations et anathèmes c'était plus qu'il n'en pouvait supporter : son hilarité éclata irrésistiblement, remplit les voûtes sévères du temple et résonna entre les pilastres. Le rire est contagieux ; à son tour Hammouda fut secoué de soubresauts, sa figure s'empourpra, puis sa bouche se fendit d'une oreille à l'autre en laissant s'échapper de longs hululements. Les enfants, omm Hammouda, Mlle Bourrichon et Nefissa trépignèrent de jubilation :

– Ouh, ouh, qu'il est drôle ! Qu'il est cocasse ! Quel pitre !

– Ne riez pas ! hurla Ghelda, terrifié. Ne riez pas !

– Disparais ! cria encore une fois Hammouda.

A partir de ce moment, tout se passa très vite. Le mur derrière les prisonniers s'effondra, et une foule hurlante de policiers, au milieu desquels on entrevoyait Dupré et Bourrichon, fit irruption dans la salle. Presque au même instant la voûte se fendit et laissa tomber des cascades d'eau. Ghelda, son trône et le Talisman furent balayés comme des fétus de paille en direction de l'escalier, où une silhouette trapue avait fait son apparition, et semblait les attendre.

Ce fut la dernière image que Rami enregistra, avant de sombrer dans les ténèbres.

24
Tout va pour le mieux au Domaine des Djinns

La lumière du jour inondait la chambre quand Rami ouvrit les yeux et s'étira dans son lit. Au plafond jouaient des reflets mouvants et, un instant, le jeune garçon se demanda s'il rêvait encore. Mais dès qu'il se fut levé et eut jeté un regard par la fenêtre, il comprit. Pendant la nuit le Nil avait franchi les digues, avait envahi la palmeraie, et maintenant le soleil matinal se réfléchissait sur l'eau qui entourait le palais et son jardin.

Omm Hammouda frappa à la porte et passa la tête par l'entrebâillement avec un sourire radieux :

– Allons donc, debout, gros paresseux, tout le monde est en bas et t'attend !

Rami se débarbouilla rapidement. Il était encore tout étourdi par le rêve qu'il venait de faire, un rêve tellement clair et vivant qu'il aurait pu facilement le confondre avec la réalité. Du feu, de l'eau, de l'or, des aventures. Il sourit, finit de s'habiller et rejoignit ses amis à la table du petit déjeuner, où, comme d'habitude, le directeur et Bourrichon oubliaient leurs tartines pour parcourir les journaux.

– Lisez-moi ça, Ignace, disait Dupré, le khédive accuse un colonel irlandais d'avoir provoqué l'écroulement de la galerie et désigne formellement Lord Cromer comme l'instigateur de l'attentat.

– Tant mieux ! répliqua Bourrichon, ce lord m'est foncièrement antipathique.

Il repoussa ses lunettes et passa aux pages intérieures du *Journal d'Égypte* :

– Oh ! Dupré, vous souvenez-vous de ces enfants et de ces jeunes bédouines qui avaient disparu ? Eh bien, ils sont tous rentrés chez eux ! Il paraît qu'ils avaient été au cirque.

– Magnifique, Ignace. Tout est bien qui finit bien.

– Par contre, votre charmant Monsieur H. est toujours en cavale.

– Mais ses complices Ghelda et Walid sont morts ! Je lis ici, Bourrichon, que les corps sans vie de ces criminels ont été retrouvés aux barrages, au nord du Caire. Ils se sont noyés, probablement, et le courant les a transportés jusque-là. Le Nil ne plaisante pas, cette année.

– A qui le dites-vous ! D'après *Le Progrès*, la crue est tellement forte qu'elle a emporté une île entière !

– Où ça ? Tiens ! C'est l'île déserte qui se trouve juste en face de Choubra. Tant mieux, ça dégagera la vue pour les riverains.

Bourrichon prit une gorgée de son thé :

– Et vos fouilles ?

– Rien à faire. Tout est inondé, hélas, y compris le naos.

– Quand pourrez-vous reprendre le travail ?

– Pas avant le mois d'octobre.

Omm Hammouda entra avec une soupière de fèves fumantes entre les mains. Elle était suivie de Nefissa qui portait des galettes et des œufs durs. En la voyant, Rami se leva si brusquement qu'il fit tomber sa chaise :

– Nefissa ! D'où sors-tu ?

La jeune fille baissa les yeux en souriant, et omm Hammouda déposa la soupière au milieu de la table :

– Nefissa est venue d'elle-même. Palais pour palais, elle préfère travailler chez nous.

– Travailler ! Nefissa est chez elle, ici, balbutia Rami. N'est-ce pas, monsieur le directeur ?

Omm Hammouda ne laissa à personne le temps de répondre :

– Raison de plus pour apprendre les travaux ménagers et garder sa maison toujours propre, dit-elle catégoriquement.

– J'ai fait un drôle de rêve, cette nuit, dit tout à coup Mlle Bourrichon, en passant sa main délicate devant ses yeux.

– Moi aussi, Eu... Eulalie, souffla Hammouda, perdu dans la contemplation de sa bien-aimée.

– Rêve du matin, mensonge, proféra sévèrement omm Hammouda, et elle sortit avec Nefissa à ses trousses.

Bourrichon et Dupré continuaient à lire les journaux.

– Oh, écoutez-moi ça : il paraît que votre ami Khorched pacha s'est trouvé soudainement souffrant, énonça le savant. Il va partir se soigner en Europe, accompagné par ses filles.

– Le malheureux !

– D'après la liste des voyageurs du navire *L'Aiglon*, votre ami Gaston Maspero part aussi, enchaîna Bourrichon. Cela vous laisse tout le temps d'écrire votre rapport, n'est-ce pas, Alain ?

Rami s'excusa et s'en alla à la recherche de Nefissa. La jeune fille lui était plus chère que jamais, comme une personne que l'on croyait perdue pour toujours et que l'on retrouve miraculeusement. Le jardin était radieux, Ringo gambadait derrière les huppes qui s'envolaient paresseusement et se posaient un peu plus loin. Marzouk étrillait un cheval, omm Hammouda et Nefissa riaient à la cuisine.

Rami les rejoignit et invita Nefissa à venir se promener au jardin, mais omm Hammouda s'était déjà coulée dans son rôle de duègne et le chassa sans pitié :

– Nefissa doit apprendre à cuisiner !

Et voilà son ami Hammouda qui descendait à son tour au jardin, en compagnie de Mlle Eulalie. Quel joli nom, Eulalie ! Pourquoi l'avait-elle caché si longtemps ? Ils parlaient entre eux à voix basse en se dirigeant vers le portail, où une barque les attendait. Ils y montèrent sans daigner lui jeter un regard – peut-être ne l'avaient-ils pas aperçu – et la barque fila entre les palmiers, dans un silence irréel.

Alors Rami sauta sur son cheval et sortit du jardin avec Ringo. Il galopa à en perdre haleine sur la jetée qui coupait en son milieu la palmeraie envahie par les eaux, jusqu'au désert, jusqu'au sommet de la colline. Puis il se tourna vers la vallée et regarda la plaine transformée en un immense lac embrasé par le soleil. A ses pieds, les quatre murs du naos émergeaient à peine, le couloir et ses mystères ne réapparaîtraient qu'après plusieurs semaines.

La brise matinale était parfumée d'oranges et d'encens. Tout à coup Rami entendit dans sa tête des bribes de phrase, des mots étranges : « Un appareil… qui nous vient du passé. Le Rubis… Une expérience… qui change le cœur de l'homme… Ces furies… passent du côté… du plus méchant. »

Qui avait parlé d'un Rubis ? Où avait-il entendu ces mots ? Probablement dans le rêve qu'il venait de faire, et qui lui paraissait de plus en plus proche de la réalité. Les vieilles femmes de son village disaient que les rêves qu'on fait les nuits de la pleine lune sont des signes du destin, qu'il faut savoir interpréter ; mais Rami n'avait pas envie de réfléchir, la joie du retour de Nefissa le rendait léger et insouciant, comme lorsqu'on vient d'échapper à un grave danger.

Au bout d'un moment il vit la calèche du Domaine qui venait vers lui au galop, sur la jetée. Le directeur lui faisait des signes et l'appelait :

– Rami ! Rami !

Le jeune garçon tressaillit : ce n'était pas un rêve ! Graduellement ses souvenirs refluaient, et venaient se mettre en place spontanément, l'un après l'autre, comme les pièces d'un puzzle : l'île aux Serpents, le poste de police, sa promenade absurde dans un fiacre avec Monsieur H. à ses côtés, sa course avec Hammouda dans les souterrains, la crypte, ou plutôt le Temple de Hàder, Ghelda, le pectoral. Et la silhouette sombre d'Henri Armellini qui attendait au sommet de l'escalier.

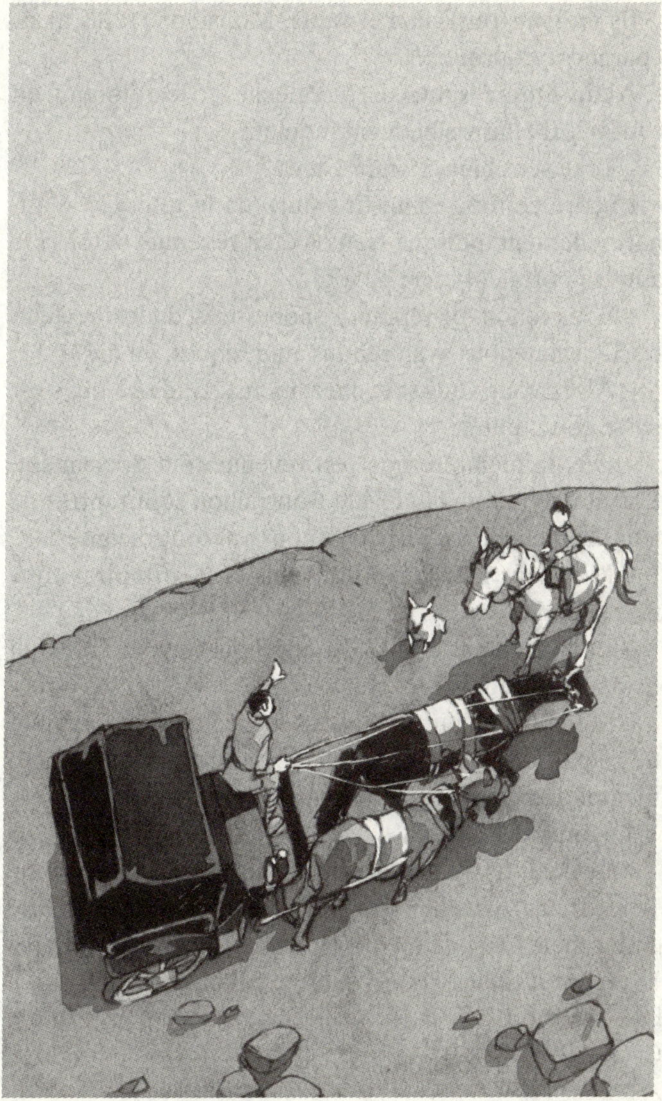

Ils étaient tous sains et saufs, Monsieur H. les avait épargnés ! Pourquoi ?

Alain Dupré sauta de la calèche et le rejoignit en courant. Il était visiblement inquiet :

– Tu te sens bien, Rami ? Ça va ?

Encore confus, Rami fit « oui » de la tête. Ça allait, naturellement, puisque Nefissa était revenue, et tous ses amis se portaient bien.

– Nous venons de reprendre nos esprits, dit le directeur. Le Talisman nous avait rendus amnésiques, on dirait.

– Alors vous vous souvenez, monsieur, de ce qui s'est passé cette nuit ?

– Oui, la mémoire nous est revenue tout doucement. Ensuite Hammouda et Mlle Bourrichon sont rentrés de leur promenade en barque et nous ont tout raconté !

– Monsieur H. a repris le Rubis et le grimoire, murmura Rami.

– Évite d'en parler à M. Bourrichon, c'est un sujet qui le met en fureur !

– Monsieur H. aurait pu nous tuer tous, monsieur, et il ne l'a pas fait. Il s'est contenté de paralyser momentanément notre mémoire. Pourquoi ?

Le directeur sourit :

– Le cœur de l'homme est profond et changeant, Rami. Peut-être qu'Armellini a vu le vrai visage du Mal et a refusé de lui obéir. Ce ne serait pas la première fois qu'un criminel se repent et change de vie. Seul l'avenir nous le dira.

Glossaire

Bélila : sorte de crème sucrée obtenue en faisant bouillir du blé dans du lait.

Chaouch : policier.

Cheika : sainte femme. En Arabie : princesse.

Djinn : esprit, diablotin.

Douaire : dot.

Esba : grande propriété agricole.

Feddan : mesure agraire qui correspond à 4200 m^2.

Gallabieh : longue chemise portée par les hommes et les femmes.

Ghoul : monstre légendaire énorme et hideux.

Goules : monstres légendaires de sexe féminin.

Hàder : terme exprimant la soumission : « A vos ordres »

Hakimdar : officier de police de grade supérieur.

Hanem : dame (*Ya hanem* : madame).

Houri : femme du paradis musulman.

Inch Allah : « Si Dieu veut ».

Janissaires : littéralement, soldat turc, garde du sultan.

Kottab : classe primaire coranique.

Maamour : chef de poste de police local.

Mélaya : rectangle de crêpe noir dont s'enveloppaient jadis les femmes du peuple.

Moucharabieh : panneaux en bois perforé et travaillé fermant les fenêtres et les balcons, permettant aux habitants de voir sans être vus.

Omm : On appelle souvent les femmes par le nom de leur fils aîné, ex. omm Hammouda : la mère de Hammouda.

Piastre : ancienne monnaie égyptienne. Centième partie de la livre égyptienne.)

Rayes : Chef, patron, chef d'un groupe de travailleurs.

Ya sater, ya rabb ! : Incantation à Dieu : « Oh mon sauveur, Oh, mon Seigneur ! ».

Yachmak : pièce détoffe blanche avec laquelle les dames de la haute société cachaient leur cou et le bas de leur visage.

Auguste MARIETTE : (1821-1881) célèbre égyptologue qui entreprit des fouilles à Sakkara et dans de nombreux sites égyptiens. Il est le fondateur du musée Boulaq dont les collections on constitué le fonds de l'actuel musée du Caire.

Gaston MASPERO : (1846-1916) a succédé à Mariette, à la direction du musée Boulaq et organisé entre autres, les fouilles des pyramides de Gizeh et du temple de Louxor.

TABLE DES MATIÈRES

1. Vacances au Domaine des Djinns — 9
2. Des esprits dérangés — 20
3. Nefissa a disparu — 33
4. Le palais de Khorched pacha — 44
5. Monsieur Bourrichon et mademoiselle sa fille — 55
6. Le grimoire — 66
7. Les djinns s'amusent — 76
8. La pierre de feu — 87
9. Le guérisseur — 97
10. Le couloir — 110
11. M. Dupré devient célèbre — 120
12. Le colonel O'Hara — 130
13. Deux jeunes femmes équivoques — 139
14. L'orchestre du khédive — 148
15. Une soirée mouvementée — 163
16. Le mystère Bourrichon — 175
17. L'île aux Serpents — 186
18. Le voile rose de Nefissa — 197
19. Ringo part à la rescousse — 207
20. L'étrange métamorphose de Monsieur H. — 216
21. La pleine lune du mois d'août — 226
22. Les rectangles d'or — 235
23. Le signe du Pouvoir — 245
24. Tout va pour le mieux au Domaine des Djinns — 258

KATIA SABET
L'AUTEUR

Katia Sabet est née au Caire, il y a un certain nombre d'années, de parents italiens. Elle a fait des études de droit français avant d'enseigner pendant vingt-huit ans l'italien et la littérature italienne à l'université du Caire. Elle devient ensuite journaliste, et elle est actuellement correspondante d'une agence de presse américaine. Connue au Moyen-Orient pour ses scénarios de feuilletons télévisés, elle a toujours aimé écrire. Elle a également participé à l'écriture de quelques longs métrages. Elle a publié quatre romans en langue arabe. *Le Rubis d'Anubis* fait suite aux *Papyrus maudits,* lui-même précédé du *Trésor d'Hor Hotep,* son premier roman pour la jeunesse. Mariée, elle a deux enfants et quatre petits-enfants. Katia Sabet a maintenant un chien qu'elle a appelé… Ringo ! Elle partage son temps entre Le Caire et un village de campagne dans le delta du Nil.

JÉRÔME BRASSEUR
L'ILLUSTRATEUR

Jérôme Brasseur est né en 1970. Après des études d'illustrateur à l'Institut Saint-Luc de Bruxelles, il enseigne un an le dessin, puis se réalise pleinement en créant des illustrations pour la jeunesse (romans, presse et livres scolaires). Chez Gallimard Jeunesse, il a illustré *Jeux de surprise à la cour du Roi-Soleil* dans la collection Drôles d'aventures. Pour illustrer *Le Rubis d'Anubis*, il a repris les personnages créés par Philippe Biard afin de garder l'unité de la série. Il a travaillé en étroite collaboration avec Katia Sabet afin d'être le plus possible en harmonie avec ses écrits. Cela lui a permis de définir la personnalité des héros, et d'être au plus près de la réalité de l'Égypte de cette époque.

Maquette : Aubin Leray
Loi n°49-956 du 16 juillet 1949
sur les publications destinées à la jeunesse
ISBN 2-07-055892-4
Numéro d'édition : 128399
Dépôt légal : mars 2004
Imprimé en Espagne par Novoprint (Barcelone)